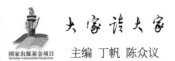

大家读大家

国家出版基金项目
NATIONAL PUBLICATION FOUNDATION

主编 丁帆 陈众议

追寻大师的足迹

刘文飞 著

作家出版社

图书在版编目(CIP)数据

追寻大师的足迹 / 刘文飞著；丁帆，陈众议主编 .
—北京：作家出版社,2020.4
(大家读大家丛书)
ISBN 978-7-5212-0724-8

Ⅰ.①追… Ⅱ.①刘… ②丁… ③陈… Ⅲ.①俄罗斯
文学-文学研究 Ⅳ.①I512.06

中国版本图书馆 CIP 数据核字(2019)第 208591 号

本书受"南京大学人文社科资助项目"资助。

追寻大师的足迹

主　　编：丁　帆　陈众议
作　　者：刘文飞
责任编辑：丁文梅
出 品 人：刘　力
策　　划：江苏明哲文化发展有限公司
特约编辑：倪　亮　叶　觅　张士超
出版发行：作家出版社有限公司
社　　址：北京农展馆南里 10 号　　邮　　编：100125
电话传真：86-10-65067186(发行中心及邮购部)
　　　　　86-10-65004079(总编室)
E-mail:zuojia@zuojia.net.cn
http://www.zuojiachubanshe.com
印　　刷：河北鹏润印刷有限公司
成品尺寸：145×210
字　　数：144 千
印　　张：7.5
版　　次：2020 年 4 月第 1 版
印　　次：2020 年 4 月第 1 次印刷
ISBN 978-7-5212-0724-8
定　　价：42.00 元

大家来读书

世界文学之流浩荡，而我们却只能取其一瓢一勺。即便如此，攫取主流还是支流？浪花还是深水？用瓢还是用勺？诸如此类，又不是三言两语可以说得清道得明的。

本丛书由丁帆和王尧两位朋友发起，邀约了外国文学文化研究的十位代表性学者。这些学者对各自关心的经典作家作品进行富有个性的释读，以期为同行和读者提供可资参考的视角和方法、立场和观点。本人有幸忝列其中，自然感慨良多，在此不妨从实招来，择要交代一二。

首先，语言文学原本是人文的基础，犹如数理之于工科理科；然而，近二三十年来，文学的地位一落千丈。这固然有历史的原因，譬如资本的作用、市场的因素、微信的普及、人心的躁动，等等。曾经作为触角替思想解放、改革开放（在国外何尝不是这样？）探路的文学，其激荡的思想、碰撞的火花在时代洪流中逐渐暗淡，褪却了敏感和锐利，以至于"返老还童"为"稗官野史""街谈巷议"，甚或哼哼唧唧和面壁虚设。伟大的文学似乎正在离我们远去。当然,这不能怪世道人心。文学本就是世道人心最重要的组成部分和表现方式;而且"人心很古",这是鲁迅先生诸多重要判断中的一个,我认为非常精辟。再则,在任何时代,伟大的文学都是凤毛麟角。无论是文艺复兴运动时期或 19 世纪的西方,还是我国的唐宋元明清,大多数文学作品都会被历史的尘埃所湮没,唯有极少数得以幸免。而幸免于难的原因要归功于学院派(哪怕是广义学院派)的发现和守护,以便完成和持续其经典化过程。然而,随着大众媒体的衍生,尤其是多媒体时代的来临,学院派越来越无能为力。我这里之所以要强调语言文学,就是因为它正在被资本,甚至图像化和快餐化引向歧途。

其次,学术界的立场似乎也已悄然裂变。不少同仁开始有意无意地抛弃文学这个偏正结构的"大学之道",既不明明德,也不亲民,更不用说止于至善。一定程度上,乃至很大范围内,批评成了毫无标准的自说自话、哗众取宠、谩骂撒泼。于是,伟大的传统——马克思主义被轻易忽略。曾几何时,马克思用他的伟大发现揭示了人类社会发展的基本规律,但是他老人家并不因为资本主义是其中的必然环节而放弃对它的批判。这就是立场。立场使然,马克思早在资本完成国家垄断和国际垄断之前,就已为大多数人而对它口诛笔伐。这正是马克思褒奖巴尔扎克和狄更斯等批判现实主义作家的重要因由。同时,从方法论的角度,恩格斯对欧洲工人作家展开了善意的批评,认为巴尔扎克式现实主义的胜利多少蕴涵着对世俗、时流的明确悖反。尽管巴尔扎克的立场是保守的，但恩格斯却从方法论的角度使他成了无产阶级的"同谋"。这便是文学的奇妙。方法有时也可以"改变"立场。这时，方法也便获得了一定的独立性。在致哈克奈斯的信中，恩格斯说："我决不是责备您没有写出一部直截了当的社会主义的小说，一部像我们德国人所说的'倾向小说'，来鼓吹作者的社会观点和政治观点。我的意思决不是这样。作者的见解愈隐蔽，对艺术作品来说就愈好。我所指的现实主义甚至可以违背作者的见解而表露出来。让我举一个例子。巴尔扎克，我认为他是比过去、现在和未来的一切左拉都要伟大得多的现实主义大师。"由是，恩格斯借马克思的"莎士比亚化"和"席勒式"之说来提醒工人作家。

再次，目前盛行的学术评价体系正欲使文学批评家成为"文本"至上的"纯粹"工匠。量化和所谓的核刊以某种标准化生产机制为导向，将批评引向千篇一律、千人一面的劳作。于是，一本正经的钻牛角尖和煞有介事的言不由衷，或者模块写作、理论套用，为做文章而做文章的现象充斥学苑。批评和创作分道扬镳，其中的作用和反作用形成恶性循环。尤其是在网络领域，批评的缺位使创作主体益发信马由缰、肆无忌惮。

说到这里，我想一个更大的恶性循环正在或已然出现，它便是读者的疏虞。文学本身的问题使读者渐行渐远。面对商家的吆喝，读者早已无所适从。于是，浅阅读盛行、微阅读成瘾。经典的边际被空前地模糊。我们这个发明了书的民族，终于使阅读成了一个问题。呜呼哀哉！这对谁有利呢？也许还是资本。

以上固然只是当今纷繁文学的一个面向，而且是本人的一孔之见，不能涵盖文学的复杂性；但文学作为资本附庸的狰狞面相已经凸现，我们不能闭目塞听，更不能自欺欺人。伟大的作家孤寥寂寞。快快向他们靠拢吧！从这里出发，从现在开始……

是为序。

陈众议

2018 年 7 月 25 日于北京

目　录

I 十九世纪黄金时代

俄国最伟大的情歌
——读普希金的两首诗

普希金在中国不是一个陌生的姓氏,因为他的诗在中国流传很广,几乎到了妇孺皆知的地步,尤其是我们在这里要分析的《致凯恩》和《假如生活欺骗了你》这两首诗。

普希金是俄国贵族的子弟,1799 年生于莫斯科,十二岁时去圣彼得堡上学,他就读的皇村学校就设在皇宫里。他在学校时就开始写诗,一次语文课考试时,十六岁的普希金当众朗诵了他自己写作的长篇抒情诗《皇村的回忆》,担任考官的老诗人杰尔查文激动得老泪纵横,他当众宣布:"这孩子就是杰尔查文的接班人!"在考试结束后由教育大臣举行的庆功宴上,杰尔查文对作为优秀考生家长代表出席宴会的普希金的父亲说道:"让您的孩子做个诗人吧!"普希金从此成为俄国最著名的诗人之一。

《致凯恩》

普希金自皇村学校毕业后在俄国外交部工作,但他主要的精力却用在写诗上,他在诗中既表达偶然的欲望也歌颂真诚的爱情,既讽喻都市的生活也描绘乡村的自然,而自由更是他最主要的创作主题之一。在1812年抗击拿破仑的卫国战争取得胜利之后,俄国人民欢欣鼓舞,觉得即将迎来一个国家昌盛、生活自由的新时期,然而,号称"欧洲解放者"的俄国沙皇亚历山大一世却反而在俄国国内实施了一系列旨在强化专制体制的措施,引起社会各阶层的普遍不满,许多贵族知识分子因而感叹:"我们解放了整个欧洲,唯独把镣铐留给了自己。"深受法国启蒙思想熏陶的普希金,也像他那个时代的进步知识分子一样,为俄国的命运担忧,他因此写下一组呼唤自由的抒情诗,其中以《自由颂》和《致恰达耶夫》最为著名。在当时的圣彼得堡和莫斯科,普希金的这些诗作脍炙人口,广为流传,以至普希金自己后来甚至抱怨说:"他们把所有大胆的话语和具有反抗精神的作品全都算到了我的头上!"这些"自由诗作"最终激怒沙皇和官方,普希金因此于1820年被流放到俄国的南方。在1820至1824年的"南方流放"期间,普希金写下《囚徒》《致大海》等许多著名诗作。

1824年,普希金从俄国南方被押往位于俄国西北部普斯科夫省的米哈伊洛夫斯科耶村,这里是普希金母亲家族的世袭庄

园,普希金在这里开始了他为期两年多的"北方流放"生活。与
喧闹的都市和灿烂的南方相比,北国的乡间生活是孤苦伶仃
的,家人全都离他而去,只有奶娘和家仆陪伴他。他只好每日
骑马喝酒,前往邻近的三山村串门,与女地主奥西波娃和她的
几个女儿谈天说地。但是,普希金最上心的事无疑还是诗歌,
是他的写作。《致凯恩》就写于他的这段"北方流放"时期。

这首情诗是写给一位名叫凯恩的女士的,凯恩的全名是安
娜·彼得罗夫娜·凯恩,她是圣彼得堡的贵妇人,普希金在圣
彼得堡的沙龙上曾遇见并暗恋她。普希金在 1819 年第一次见
到凯恩,当时,十九岁的凯恩已经嫁人;1825 年,凯恩来到普希
金家庄园附近的三山村一位女亲戚家做客,普希金在孤苦的流
放生活中突然遇见圣彼得堡的旧相识,并进而回忆起自己圣彼
得堡时期的生活和爱情、欢乐和忧伤,不禁感慨不已,于是写下
此诗。在凯恩动身返回圣彼得堡前夕,普希金赶去告别,并把
这首诗夹在一本书里悄悄递给了凯恩。这首诗从此流传开来,
被视为俄语诗歌史上最伟大的情歌。这首诗还被谱曲,广为传
唱。当年,普希金曾与凯恩在普希金家庄园的一条小径上散步
交谈,这条林中小路如今被称为"凯恩小径",也成为一处名胜。

普希金的这首诗原来没有题目,仅标明 K * * *,意为"致
某某",但在后来的一些俄文版本中,就有人添加上了《致凯恩》
的标题。

　　　　　我记得那神奇的瞬间:

在我的面前出现了你，
就像昙花一现的幻象，
就像纯洁之美的精灵。

在无望忧愁的折磨中，
在喧闹生活的纷扰里，
温柔的声音在耳畔回响，
可爱的脸庞浮现在梦境。

岁月飞逝。骚动的风暴，
吹散了往日的幻想，
我忘了你温柔的声音，
忘了你天仙般的脸庞。

幽居中，置身囚禁的黑暗，
我的岁月在静静地持续，
没有神灵，没有灵感，
没有眼泪、生活和爱情。

觉醒又降临在心上：
我的面前又出现了你，
就像昙花一现的幻象，
就像纯洁之美的精灵。

心儿在狂喜中跳荡，

一切又都为它复生，

有了神灵，有了灵感，

有了眼泪、生活和爱情。

　　这是一首抒写爱情的诗。爱情，往往是一见钟情的，是在某个瞬间突然产生的；爱情，往往又可能是朦胧的，生成之后仍往往没有被清晰地意识到，待到某一契机出现，情感的闸门才可能突然被打开。《致凯恩》这首诗写的就是这种瞬间的爱的感受以及由此带来的长久的爱的回味。这首诗由六个诗节构成，每节四行，诗的第一节写的是当初，是几年前在圣彼得堡相见时的"那神奇的瞬间"，第二节写那一瞬间给诗人留下的长久记忆，第三节写爱的逐渐被淡忘，第四节写没有爱情的生活；接下来，第五节写又一个瞬间的到来，"觉醒又降临在心上"，最后一节写爱情的重新拥有。全诗六节可以划分为两个板块，即前面的四节和后面的两节，前面的板块写过去的一瞬，曾经的一瞬，是记忆；后面的板块写如今的一瞬，现实的一瞬，是当下。这结构上的不对称能给我们一种上重下轻的感觉，或是一种不祥的预感，也就是说，在第二次相见的瞬间之后，又将是一次漫长的淡忘和愁苦？

　　但无论如何，这"神奇的瞬间"还是给北方流放期间孤苦伶仃的普希金带来了一束爱的阳光。在这个瞬间中，我们感受到了爱的力量，也感受到了诗歌的力量。同时，我们也感觉到，被诗人爱过的人，被诗人关注过的瞬间，都是幸运的，凯恩给了普希金两个美妙的瞬间，而她本人以及因她的出场而给诗人留下强烈印象的两个瞬间，都因为普希金的这首诗而赢得了永恒和不朽。

这首诗最突出的写作特色就是复沓。第一节的后三句和第五节的后三句，第二节的后两句和第三节的后两句，第四节的后两句和第六节的后两句，都近乎逐字逐句的"重复"。也就是说，全诗每一节的后两句均由重复构成。这种结构所造成的效果是多方面的：首先，诗句的重复仿佛是两个瞬间的叠加和重复，这也暗示着诗人对此类瞬间的不断回忆和反复品味；其次，连续的复沓，再加上原文中的四音步半和四音步抑扬格诗句（也就是长短稍有不同的诗句）的相互交替，来回反复，从而造成一种一咏三叹的语音效果，既体现诗人对瞬间的深情回忆，也表达了诗人对新的别离的难舍；最后，这些前后重复同时也是一种比对，对两个瞬间的描写是同样的，而关于声音和倩影以及关于灵感、眼泪、生命、爱情的诗句则是相对立的，这表明，有爱的生活和无爱的生活是多么的不同，有过爱的瞬间和没有过爱的瞬间的生活是多么的不同！

《假如生活欺骗了你》

总体地看待普希金的抒情诗，其主要特色主要就在于情绪的热烈和真诚，以及语言形象的丰富和简洁。

首先，抒情诗的基础是情，而且是真诚的情。诗歌中的普希金和生活中的普希金一样,始终以一种真诚的态度面对读者和世界。无论是对情人和友人倾诉衷肠,是对历史和现实做出评说,还是对社会上和文学界的敌人进行抨击,普希金都不曾有过丝毫的遮掩和做作。在这一点上,普希金血液中涌动着的非洲人的激情、世袭贵族的荣誉感也许起到了某种作用,而面对诗歌的使命感和神圣感则无疑是更直接的原因。在对"真实感情"的处理上,普希金有两点尤为突出:第一,是对"隐秘"之情的大胆吐露。对某个少女一见钟情的爱慕,对自己不安分的"放荡"愿望的表达,普希金都敢于直接写在诗中,以至于后来的普希金文集的编者往往要从维护诗人"声誉"的角度出发对普希金的诗文进行删节,以至于在今天,某位"普希金学家"竟能将普希金这样的"大胆"文字"精选"出来在美国出版一本题为《隐秘的普希金》的书。其实,用心良苦的删节和猎奇性的精选都不必要,我们若像普希金一样坦然地面对普希金的真实感情及其结晶,便能更深地体会到普希金及其抒情诗歌的热烈和真诚。第二,是对忧伤之情的处理。普希金赢得许多爱的幸福,但他也许品尝到了更多爱的愁苦,爱和爱的忧伤似乎永远是同一枚硬币的两面。普希金一生都境遇不顺,流放中的孤独,对故去的同学和流放中的朋友的思念,对不幸命运和灾难的预感,时时穿插在他的诗作中。但令我们吃惊的是,普希金感受到了这些忧伤,写出了这些忧伤,但这些在诗中得到再现的忧伤却焕发出一种明朗的色调,使人觉得它们不再是阴暗和沉重的了。正如普希金在一首诗中所写的那样:"我那些隐秘的诗句,/不会使任何人忧伤……"诗人自己仿佛就是一个过滤网,就是一个转换器,他使忧伤纯净了,升华为具有普遍意义和美学价值的诗歌因素。

其次,普希金抒情诗歌在语言上的成就,在其同时代的诗人中独占鳌头。一方面,普希金的诗歌语言包容进了浪漫的美文和现实的活词、传统的诗歌字眼和日常的生活口语、都市贵族的惯用语和乡野民间流传的词汇、古老的教会斯拉夫语和时髦的外来词等,表现出极大的丰富性,通过抒情诗这一最有序、最有机的词语组合形式,他对俄罗斯民族语言进行了一次梳理和加工,使其表现力和生命力都有了空前的提高。普希金的诗歌语言又体现出一种独特的简洁风格。人们常用来总结普希金创作风格的"简朴和明晰",在其抒情诗歌的创作上有着更为突出的体现,在这里,它首先表现为诗语的简洁。普希金的爱情诗、山水诗和讽刺诗大多篇幅不长,紧凑的结构结合精练的诗语,显得十分精致;普希金的政治诗和友情诗虽然往往篇幅较长,但具体到每一行和每个字来看,则绝无空洞之感。这牵涉到词和意义、诗语和思想的关系。有人认为,在普希金之前,俄语诗歌中形式和内容、语言和思想的和谐统一似乎并未最终实现,一直存在着某种"音节过剩""词大于思想"的现象。直到普希金出现,这一问题才得以解决,在普希金这里没有任何"多余的"词和音节,他善于在相当有限的词语空间里尽可能多地表达感情和思想,体现出高超的艺术简洁。

诗歌形式上的朴实和明晰,内容上的宽容和善良,这两者在《假如生活欺骗了你》一诗中有着典型的体现和完美的结合。

> 假如生活欺骗了你，
> 不要悲伤，不要生气！
> 熬过这忧伤的一天：
> 请相信，欢乐的日子定会来临。
>
> 心儿生活在未来；
> 现实却显得苍白：
> 一切都很短暂，都将过去；
> 过去的一切却会变得可爱。

被流放到米哈伊洛夫斯科耶庄园的普希金，是在去邻村女地主奥西波娃家做客时在女主人十五岁的二女儿叶夫普拉克西娅的纪念册上写下这首诗的。当时，俄国贵族家庭常备有纪念册，供来往的诗人、画家等名流在纪念册上写诗作画。写在这些纪念册上的诗大多比较简短，也大多是应景之作，可普希金的这首诗却不胫而走，被后来一代又一代的无数读者奉为自己的生活座右铭。

《假如生活欺骗了你》这首诗很短，总共只有八行，可它却饱含着普希金对生活的体会和理解。全诗分为上下两节，第一节写道：如果生活欺骗了你，用不着忧伤和生气，因为黑夜的尽头是白昼，快乐的日子终将会来临。如果说这一节讲的不过是生活的常识,那么接下来的第二节却道出了一种关于生活的独特见解:现实总是忧郁的,心只生活在将来,因为一切都将过去,而过去的一切,不论好坏,都会让人感到可爱和亲切,都将成为美好的回忆。这仿佛是在告诉我们,在苍白的现实生活中,重要的不是生活的经历、生活的内容,而是对生活的态度和关于生活的认识。

有人说过,仅仅为昨天而生活的人是保守主义者,仅仅为今天生活的人是功利主义者,仅仅为未来生活的人是理想主义者。冷静地面对今天,热情地向往未来,同时亲切地眷念过去,这就是普希金通过这首短诗推荐、提供给我们的生活态度。

只有饱尝了生活甘苦的人,才能写出这样的诗句;只有对生活有着惊人洞察力的诗人,才能给出这样的生活座右铭。古往今来,有多少情场上的失意者、生活中的失败者在反复吟诵这首诗之后,又重新获得了生活的勇气和生命的动力,这就是普希金的力量,这就是诗歌的力量!诗人如何成为一位人道主义者——也就是陀思妥耶夫斯基在莫斯科的普希金纪念碑落成典礼上关于普希金所称的"全人",诗歌如何成为一种具有普遍意义的慰藉,普希金和他留给我们的这首《假如生活欺骗了你》提供了一个范例。

当代英雄的肖像

——莱蒙托夫四题

"太阳"与"月亮"

1837 年 1 月，普希金在决斗中负伤后死去，当时的舆论称："俄国诗歌的太阳陨落了。"就在这时，又一位伟大的诗人出现了，他被人们视为普希金的继承者，这人便是米哈伊尔·莱蒙托夫。普希金在皇村学校的一次语文课考试中以《皇村的回忆》一诗一举成名；和普希金一样，莱蒙托夫也是以一首诗作《诗人之死》而"突然"赢得诗名的。而莱蒙托夫的这首《诗人之死》，又正是为了哀悼普希金，为了揭露迫害诗人的幕后主谋而写的。一位大诗人的死造就了另一位大诗人的"生"，这构成俄国文学史上的奇异一幕。

莱蒙托夫与普希金之间有太多的相似：他们都出身贵族家庭，都生在莫斯科，都很早开始写诗，都受过西欧文化的熏陶，都既是大诗人又是杰出的小说家和剧作家，都对俄国的乡村和自然怀有深深的眷恋,都对专制制度持强烈批判的态度,甚至同样被流放到高加索,最后又同样死于决斗。普希金和莱蒙托夫的关系也一直是俄国文学界的一个话题,许多批评家都曾将他俩做过比较。也许因为共性显而易见,批评家们才更留意他俩间的区别。梅列日科夫斯基说:"普希金是俄国诗歌的太阳,莱蒙托夫是俄国诗歌的月亮,整个俄国诗歌在他俩之间摆动,在静观和行动这两个极之间摆动。……在普希金笔下,生活渴望成为诗,行动渴望变为静观;在莱蒙托夫笔下,诗渴望成为生活,静观渴望变为行动。"弗拉基米尔·索洛维约夫指出:"普希金甚至在谈自己的时候也像在谈别人,莱蒙托夫即便在谈别人时也让人觉得他正力求从无边的远方将思绪返归自身,在心灵深处关心的是他自己,是在诉诸自己。"别林斯基认为莱蒙托夫的天才"可与普希金并驾齐驱,或许比他更胜一筹";杜勃罗留波夫将这两位诗人的特色分别概括为"普希金的美和莱蒙托夫的力量"。在这些评论和概括之后,另一位俄国诗人的话就显得很独特了:曼德施塔姆在他的自传《时代的喧嚣》中写到,他的书柜中同时摆放着莱蒙托夫和普希金的书籍,可他"从未感觉到莱蒙托夫是普希金的兄弟或亲戚"。

果戈理说,像普希金这样的诗歌天才,俄罗斯民族两百年才能出现一个,可莱蒙托夫却在普希金之后迅即成了人们心目中又一个诗歌天才。反过来看,莱蒙托夫的"出现"较之于普希金就要困难得多了。在普希金夺目光辉的映照下,有多少有天赋的诗人显得黯然失色,只好抱怨自己生不逢时。其实,普希金在世时莱蒙托夫早已开始了认真的诗歌创作，其创作历史已长达十年；到普希金逝世时，先后在莫斯科大学和圣彼得堡近卫骑兵士官学校就读的大学生莱蒙托夫已陆续写下几百首抒情诗，占其抒情诗总量的三分之二，其中就包括《帆》等名作。然而，他还是默默无闻，普希金为当时文学界的诗友写了大量献诗，却没有一首是写给莱蒙托夫的。而在普希金死后，在普希金的近朋们大都保持沉默的时候，无名的莱蒙托夫却大胆地喊出许多人心底的话，公开点明杀害普希金的刽子手就是沙皇及其制度。《诗人之死》不是莱蒙托夫的第一首好诗，甚至不能算作他最好的抒情诗，但它却宣告了一位新的民族诗人的诞生。天赋和机遇，良心和勇气，共同造就了又一位俄国大诗人。

我们也许可以说，普希金的死在客观上为莱蒙托夫的崭露头角提供了契机；我们也许还可以说，这实际上是同一个天才被分割成了两个段落，两位大诗人是互为补充的。但是，骠骑兵军官莱蒙托夫之所以成了作家莱蒙托夫，起关键作用的无疑仍是莱蒙托夫自己惊人的天赋和独特的个性。

普希金的创作生涯持续得不长，仅二十余年；可莱蒙托夫呢，他在《诗人之死》之后只写作了短短四年！而这又是在军务、流放、行军、战斗和囚禁等之中度过的四年！可就在这四年间，莱蒙托夫最终写出《童僧》《恶魔》等多部长诗，出版一部抒情诗集，写作了长篇小说《当代英雄》，完成了一个文学大师的历史使命。在如此之短的时间里获得如此丰硕的成果，这显示出了莱蒙托夫超人的天赋。此外，莱蒙托夫还是一位艺术上的多面手,他不仅擅长各种体裁的文学创作,精通英、法、德、拉丁文,还是一位杰出的画家。单就天赋而言,莱蒙托夫与普希金不相上下,而就创作的刻苦程度来说,莱蒙托夫似乎超过普希金,只不过普希金更为生逢其时。这样说,并不意味着对普希金的任何贬低。普希金之伟大,在于他为俄国的民族语言和文学奠定了基础,在于他体现了那一时代的民族精神;而莱蒙托夫的出众,则主要在于他在自己的创作中充分体现了他的个性,并发现了诸多崭新的艺术个性体现方式。

意识到了这些,我们才能更多地理解莱蒙托夫,更深地认识他的创作及其价值。莱蒙托夫不是仅仅靠反射太阳的光而闪烁的月亮,他是和普希金一样的另一颗俄国文学的恒星,或者说,他们两人分别是同一颗星球的两个面。

"童僧"与"恶魔"

《童僧》与《恶魔》是莱蒙托夫最著名的两部长诗,分别发表于 1839 年和 1841 年。在 19 世纪俄国诗人中,莱蒙托夫是一位写作长诗较多的诗人,在总共十余年的创作历史中,他先后写下近三十部长诗,它们构成莱蒙托夫创作遗产中最重要的组成部分之一。

《童僧》写一个被俄国将军俘虏的高加索山民的孩子,他被关押在修道院中,对自由的渴望和对故乡的怀念使他勇敢地做出了逃走的选择。虽然他的逃跑最终失败,但在濒死时,面对前来规劝的修士，他"强打起最后一点精神"，"欠身滔滔不绝地"说起自己的出逃、途中与故乡自然的亲近、对美丽姑娘的爱情、与野兽和恶劣环境的搏斗等。《恶魔》则利用一个宗教形象，塑造一个具有强烈叛逆精神的人物。这便是恶魔的自白："我是个眼露绝望的人；/我是个谁也不会爱的人；/我是条挞罚众生的皮鞭，/我是认识和自由国之王，/上天的仇敌，自然的灾祸。"这是一个充满矛盾的个性：他憎恶天庭，向往自由，却又与环境格格不入，不知什么是真正的自由；他自称没有爱，却真诚地爱上少女塔玛拉，可他的毒吻却夺走了爱人的生命。

《童僧》通篇主要是第一人称的独白，《恶魔》则充满戏剧性的对白，但两者都具有明显的自白色彩，都像莱蒙托夫的大多数作品那样具有"自传性"，是他的"诗歌自歌自画像"。

莱蒙托夫的童年是不幸的，在他三岁时母亲就去世了，他由外祖母抚养成人。外祖母与莱蒙托夫的父亲不和，两人长期就小莱蒙托夫的监护权等问题争执不休。外祖母很疼爱外孙，但出身名门的她却十分严厉专断。在莫斯科大学度过一段较为自由的时光后，莱蒙托夫被迫进了圣彼得堡的士官学校，用他自己的话说，又度过了"恐怖的两年"。这一切对莱蒙托夫的性格都很有影响。普希金曾在《给姐姐》一诗中将他就读的皇村学校称为"修道院"，将自己形容为"苦行僧"；而童年和青少年时期的莱蒙托夫，倒像一个真正意义上的"童僧"。

莱蒙托夫的天性是孤傲的、叛逆的，有些近似他自己笔下的"恶魔"。据说，生活中的莱蒙托夫很少言笑，待人比较冷淡，经常嘲笑各种人和各种事,有时甚至会让人感到他很刻薄、恶毒。除了十二月党人诗人奥陀耶夫斯基等个别人外,莱蒙托夫在文学界很少有亲近的朋友;在军中,他对同事的嘲讽多次导致决斗;在被流放至高加索时,他与同样被流放至当地的十二月党人接触较多,但后者却认为他属于"怀疑的、悲观的、冷漠的另一代"。他回避严肃的谈话,常以冷漠和嘲笑的态度面对社会问题,很少向人敞开自己的内心,他的这一处世态度,甚至使他在 1837 年与对他评价很高、一直关注他创作的别林斯基等人也逐渐疏远了。在莱蒙托夫的作品中,"恶魔"形象经常出现,从两首同题抒情诗《我的恶魔》中的抒情主人公,到长诗《恶魔》中的"恶魔",甚至连剧作《假面舞会》中的阿尔别宁和小说《当代英雄》中的毕巧林也都带有某种"恶魔"的气质。可以说,具有一定"自画像"性质的"恶魔"形象在莱蒙托夫的创作中是贯穿始终的。

　　莱蒙托夫对这一文学形象的独钟,除了青少年时的生活经历在他的心理上留下了烙印这一缘由之外,当时席卷俄国和整个欧洲的浪漫主义文学潮流对他的左右也是一个重要原因。和普希金一样,莱蒙托夫也曾深受法国的谢尼耶、德国的歌德和席勒,尤其是英国的拜伦等西欧浪漫主义诗人的影响,在那些欧洲诗人的诗中,就有频繁出现的"恶魔"形象。虽然莱蒙托夫曾在一首诗中写到,他"不是拜伦","是另一个",但至少在"恶魔"这一形象和所谓"拜伦式英雄"之间,我们还是能发觉出一些相通之处。但我们认为,莱蒙托夫的"恶魔"形象生成的环境首先是诗人生活其中的社会现实,这一形象所表达出的情感以及所具有的意义,首先就在于诗人面对现实生活的态度。莱蒙托夫的"恶魔"形象具有两面性:一方面,他体现出一种个人主义、怀疑主义和虚无主义的生活态度,他的自私往往会给他人和自己带来灾难;另一方面,这一形象又是积极的,他不满于现实,充满渴望和追求,在不合理的社会秩序中他也许就是正义的化身,在庸俗的生活圈子里他也许就是真诚的代表。莱蒙托夫的"恶魔"形象是充满矛盾色彩的,这也许正是莱蒙托夫本人矛盾心境的反映,这一形象也会使我们在理解这一形象时感到矛盾。过去,我们往往对"恶魔"这一形象持较多的批评态度(比如"恶魔"这一中文译名本身就包含了我们过于明露的情感色彩),而较少关注这一形象的积极意义,以至于在面对弗鲁别尔那幅著名的油画《坐着的恶魔》时,我们往往会惊诧于那优美有力的形象与我们心目中恶魔形象之间的巨大距离。

理解了"恶魔"形象的这一两面性,我们就更容易理解莱蒙托夫的作品及其人物;而在这之后,我们便能在莱蒙托夫本人那冷峻嘲讽的外表背后,感受到可贵的真诚、冷静甚至温存。

"帆"与"云"

提起莱蒙托夫,很多人都可以背诵他著名的《帆》一诗:

在大海蔚蓝色的雾霭中

孤独的白帆闪耀着白光！……
它寻求什么，在遥远的国度？
它抛却了什么，在亲爱的故乡？……

波涛嬉戏，海风咆哮，
桅杆弓着腰嘎嘎地响……
唉，它没在寻求幸福，
也没有逃避幸福的向往！

下面是蔚蓝的激流，
上方是金色的阳光……
不安的孤帆在祈求风暴，
仿佛在风暴里才有安详！

这首诗写于 1832 年，后来在 1840 年，莱蒙托夫又写下一首以《云》为题的抒情诗：

天上的云，永恒的流浪者！
珍珠的项链，蓝天的牧场，
你们像我一样被放逐，
从亲切的北国来到南方。

是谁把你们驱逐：命运的裁决？

暗中的嫉妒？公然的中伤？

你们承受着犯罪的指控，

还是朋友们的恶意诽谤？

不，贫瘠的田地让你们厌倦……

没有激情，也无视他人的哀伤；

永恒的冷漠，永恒的自由，

你们没有祖国，也没有流亡。

　　这两首诗在形式上几乎一模一样，均由三节四行诗组成；其抒情线索也同样是：写景状物—作者设问—否定回答；诗中的主题形象也很相近：漂泊海上的孤帆和浪迹天空的行云。这两个形象在莱蒙托夫的抒情诗中是具有概括意义的。但是，这两首诗也有区别，《帆》用四音步抑扬格写成，《云》则用六音步扬抑抑格写成，前者显得急促激烈，后者显得舒缓悠长；两首诗中的抒情主人公心态也不尽相同，第一首诗中洋溢着寻求、搏斗的豪气，第二首则充满超脱和释然。这两首诗之间八年的间隔不是没有痕迹的（须知莱蒙托夫的创作总共才持续十余年），它们提供出的两个抒情形象一前一后，似乎可以分别作为莱蒙托夫抒情诗创作前后两个阶段的整体象征。

　　莱蒙托夫的抒情诗创作大致可划分为两个阶段，其分水岭约在 19 世纪 30 年代中期。这个分界是很醒目的，因为莱蒙托夫在 1833 年至 1836 年这几年间总共只写了十余首抒情诗，而将主要精力投入小说和戏剧的写作。但是,若仅从题材和形式上看,前后两个阶段的抒情诗又似并无太大区别:反现实的内容、孤独的主题、爱情的变奏等是莱蒙托夫不变的抒情诗对象,而简洁的结构、鲜明的形象和深邃的意境则是莱蒙托夫一贯的风格。然而,通读莱蒙托夫的抒情诗,我们仍能感觉到前后两个阶段间的某种差异。从前的批评大多将这一差异归结为:诗人脱离了小我,从与民众的对立走向了与民众的结合;诗人的创作出现了某种进步,完成了从浪漫主义向现实主义的过渡。且不论诗人后来是否脱离了孤独,以及所谓的"结合"是否就意味着诗人的进步,且不论诗人是否在抒情诗创作中转向了现实主义,以及抒情诗中的现实主义创作方法是否就一定优于浪漫主义方法,仅就莱蒙托夫前后两个时期抒情诗歌的差异而言,我们感觉到其最突出的不同还在于抒情主人公主观情绪上的变化。总体上看,莱蒙托夫的前期抒情诗情感热烈,语调急促,对自我情绪的抒发更为直接一些,更多"怀疑、否定和痛恨的思想"(赫尔岑语),而后期的诗则相对的要凝重一些,视野更为开阔,情绪较为超脱,更多"沉思"和"静观"。后人根据莱蒙托夫抒情诗题材上的不同,曾在他的抒情诗中归纳出若干个"组诗",如"爱情组诗""拿破仑组诗""高加索组诗""监狱组诗"等;在这些"组诗"中,纵贯诗人整个创作的要数"爱情组诗"。以这组情诗为例,可以看出莱蒙托夫前后期抒情诗的区别。与普希金不同,莱蒙托夫很少歌颂生活的欢乐和爱的幸福,19世纪前半期流行于俄国的巴丘什科夫式的"轻诗歌",在莱蒙托夫的创作中没有留下太多痕迹,在莱蒙托夫笔下,就连情诗似也充满怀疑和痛苦。他早期的情诗多以萨布洛娃、苏什科娃和伊万诺娃等人为对象,诗人在诗中常常直接描写对象的可爱,直接吐露自己的热情,同时也不时流露出爱的担忧、不祥的预感乃至对负心的谴责;而他后期的爱情诗多是写给洛普辛娜的,诗人在诗中含蓄地倾诉衷肠,同时深情地回忆往事,对爱的艰难也更多理解和宽容。诗歌形象的具体化、抒情情绪上的趋于冷静以及情节、对话等散文因素向抒情诗歌的渗透,构成了莱蒙托夫后期抒情诗歌的主要特征,这也正是诗人前后期诗歌的区别所在。在1831年的一首致友人的诗中,莱蒙托夫写道:"那颤抖的孤独的舟子,/驾着小船飞快地奔驰,/他看见前方的海岸已近,/但更近的却是自己的末日。"诗人上下求索在生活的海洋中。而在写给洛普辛娜的第一首诗中,莱蒙托夫向她祈求:"愿你成为我的天空。"诗人似在寻求更广阔的感受空间和更超脱的精神态度。在他晚期的诗歌中,有了这样的诗句:"像从心头卸下重负,/疑虑已远远地逃离。"(《祈祷》)"星星都在聆听我的话,/欢乐地拨弄光的波纹。"(《先知》)"对人生我已无所期待,/对往事我也没有追悔;/我在寻求自由和安宁!/我真愿忘怀一切地安睡!"(《我独自一人出门启程》)

一页页地翻阅莱蒙托夫的抒情诗作,我们感到似有一叶孤帆离我们而去,渐渐消失在海天相连的远方,而在一段间隔之后,又有一朵行云蓦然从天边飘来,向我们洒下一片清凉。从地上(海面)到天空,通过寻求获得超越,莱蒙托夫在他的抒情

23

诗创作中完成了孤独却圆满的精神和情感的升华。

"假面"与"英雄"

《假面舞会》是莱蒙托夫五部剧作中最为杰出的一部。这出戏的主要情节线索是：主人公阿尔别宁的妻子尼娜在假面舞会上丢失一只手镯，这只手镯被一位公爵得到，阿尔别宁得知后怀疑妻子与公爵有染，他不听别人的解释和劝说，最后狠心地毒死妻子。这是一出悲剧，从这出剧中不难看出莱蒙托夫对西欧和俄国戏剧传统的借鉴：误会和复仇，是自莎士比亚起的许多欧洲悲剧的主题；剧情展开于其中的上流社会生活场景，是当时法国以至西欧浪漫主义小悲剧的"典型环境"；剧中人物带有讽刺意味的对话，与格里鲍耶陀夫的《聪明误》也有相近之处。

然而，《假面舞会》又是一出具有创新意义的俄国剧作。首先，它是对俄国上流社会生活的真实反映。通过对阿尔别宁、公爵和男爵夫人等人物的举止及心理的刻画，莱蒙托夫揭露了俄国贵族的虚伪和无聊，表达了面对当时现实而生的强烈的愤世嫉俗之情。剧中的一个人物卡扎林曾对阿尔别宁说道："够了，兄弟，取下你的面罩吧，/不用如此肃穆地垂下双眼，/须知这么做的效果所能欺骗的/唯有观众而已，而我和你都是演员。"我们感到，这似乎也是莱蒙托夫对整个虚伪的上流社会道出的话。其次，是戏剧主人公形象的独特性。阿尔别宁这个人物身上既有哈姆雷特式的犹豫和彷徨,也有奥赛罗式的嫉妒;既有奥涅金式的无聊,也有魔鬼般的自私和狠毒。在剧中,公爵曾问阿尔别宁:"您究竟是人还是魔鬼?"阿尔别宁回答:"我?——是木偶!"公爵后来对尼娜说过:"您的丈夫是个不信神的残忍暴徒。"在这个人物身上,莱蒙托夫将其笔下的"恶魔"形象和俄国文学中的"多余人"形象结合在了一起,构成一个崭新的戏剧人物。最后,这部剧作有着整体的象征意义。"假面舞会",既是剧情发生的场景之一,也是莱蒙托夫用来对那一时代整个俄国上流社会生活进行概括的一个象征,同时,它还在某种程度上喻示整个人类的生存状态。在孤独中生活和创作的莱蒙托夫,以孤独为主要创作主题的莱蒙托夫,无疑更能"超前地"意识到人与人之间的隔膜、人类关系的异化这一直到20世纪才为人们所广泛关注的根本性的生存问题。环境与生存方式、性格与命运,莱蒙托夫通过《假面舞会》一剧对这些哲理性问题做了深刻的思考。

《当代英雄》是莱蒙托夫最著名的长篇小说。这部长篇实际上由五个中短篇小说组合而成,它们各自独立,又互有关联。在俄语中,"英雄"一词又有"主人公"之含义,而"当代"即为"我们的时代",因此,"当代英雄"又可译为"我们时代的主人公"。小说发表之后,正是这一"主人公"形象引起很大的反响和争议:一些人认为毕巧林不是典型的俄国人,而是西方的舶来品;而别林斯基则在小说发表后立即指出,小说的主人公就是"当今的奥涅金"。作者在小说的序言中写道:"当代英雄,我尊贵的先生们，诚为肖像，但它不是某一个人的肖像：这是集我们整整一代人疯长陋习之大成的一幅肖像。"同时，这一人物也体现着对现实的不满和抗议，这一形象的出现，本身也证明了那个时代的庸俗和无为，一个健康、智慧的人在黑暗、压抑的社会环境中逐渐丧失了精神的追求和生活的目的，丧失了行动的能力，沦落为无用、多余的人，人们该谴责的，首先是造就了这样一种人物的社会，而不仅仅是这样的人物本身。这大约是莱蒙托夫写作《当代英雄》、塑造出毕巧林这一形象的初衷和主旨，尽管作者在同一篇序言的结尾处声称，他"绝不至于那么愚不可及"，"会心存奢望，想成为医治人类陋习的良医"。

对毕巧林这一形象的塑造，莱蒙托夫主要使用了两种方法：一是多侧面的刻画。五个故事采用了三种叙述方式（即他人的转述、作者的叙述和主人公的自述），多角度地对人物进行观察，从而使读者获得一个立体的人物形象。二是深刻细腻的心理描写。在穿插进小说中的主人公日记里，作者让主人公向读者敞开心扉，在对人物做描写时，作者侧重的也多为毕巧林的所思所想，即支配着毕巧林行动的意识和意志；此外，作者还在高加索大自然的映衬下、在激烈的冲突场景中描写主人公的心理及其微妙变化。这样的描写，使毕巧林成了俄国文学中最为丰满的人物形象之一。在此之前的俄国小说中，这样的心理描写和具有这样心理深度的文学人物都是鲜见的，因此，莱蒙托夫的小说创作对于俄国文学来说意义重大。古米廖夫认为莱蒙托夫"在散文中高过普希金"，"俄国散文就始自《当代英雄》";别林斯基认为莱蒙托夫是普希金之后俄国文学新阶段中的"中心人物",理由也主要就在于此。这样的人物塑造手法,后来对托尔斯泰、陀思妥耶夫斯基等人都有所影响。

阅读了《假面舞会》和《当代英雄》这两部作品后,我们不难意识到,与同时代的俄国作家乃至世界各国的作家相比,莱蒙托夫是极具"现代感"和"超前意识"的。他在《假面舞会》中对人类关系及其生存状态的理解,在《当代英雄》中表现出的心理现实主义,对整个俄国文学的发展都具有深远的意义。

最美的俄语

——读屠格涅夫的散文

1983 年 10 月，一个天色有些阴沉的傍晚，我陪中国大百科全书出版社总编辑姜椿芳先生在鼓浪屿的海滩上漫步，当时还是一名研究生的我，有幸与姜先生等一大批前辈学者共同参加在厦门大学举行的屠格涅夫研讨会。漫步海滩时的话题依然与屠格涅夫相关，姜先生向我谈起这样一个"典故"。20 世纪 50 年代初的一次中苏领导人会面之后，斯大林让苏方翻译接待人员留下来，气呼呼地表达了对他们的不满：你们刚才听见人家中方翻译（据姜先生说是刘泽荣）说的俄语了吗？多么地道流畅！我不清楚你们的中文水平，但是你们的俄语反正不如那位中国人，他说的是纯正的屠格涅夫语言！

即便在斯大林这样的政治家心目中，"屠格涅夫语言"也成了"最美俄语"的同义词。

为了参加那次会议，我也写了一篇题为《屠格涅夫的抒情诗》的小论文，即便所分析的是屠格涅夫起步时期的文学试笔，我依然能感觉到屠格涅夫文字的精致和优雅。姜先生的话更是让屠格涅夫的语言之美如同傍晚海上变幻莫测的低云一般，从此深深铭刻在了我的心底。

屠格涅夫其人

伊万·屠格涅夫 1818 年 11 月 9 日生于俄国中部奥廖尔省一个富裕大地主家庭，从小接受了良好的教育，十四岁时即已熟练掌握法、德、英三种外语。1833 年起，屠格涅夫先后进入莫斯科大学和圣彼得堡大学学习，1838 年前往柏林大学学习哲学，1841 年回国时曾试图任教大学，任职官场，但均不成功。1843 年因长诗《帕拉莎》获得别林斯基赞赏后，屠格涅夫便放弃一切其他尝试，专心于文学写作。

1843 年 11 月，具有西班牙血统的法国歌唱家波琳娜·维亚尔多来圣彼得堡演出，屠格涅夫被她迷住，从此终生追随她游历欧洲，1847 年后更是常年居住法、德等国。1845 年，屠格涅夫与他那位专横跋扈的母亲决裂，其原因除了屠格涅夫痛恨母亲身上所体现的农奴主做派、母亲也反对他从事"危险的"舞文弄墨工作之外，与维亚尔多的恋情亦为一根导火索。失去家庭资助后，屠格涅夫被迫过起流浪文人的生活，但在母亲于 1850 年去世后，屠格涅夫却突然发现自己成了大笔财产的继承者。

1847 年，屠格涅夫开始在《现代人》杂志上不定期地连载《猎人笔记》，引起巨大轰动，从此成为俄国最重要的作家之一。

在此后三十余年时间里，屠格涅夫不懈写作，写出一部又一部文学名著，成为堪与普希金、果戈理、陀思妥耶夫斯基和托尔斯泰比肩的文学巨人。他留下的《罗亭》《贵族之家》《前夜》《父与子》《烟》和《处女地》等长篇小说名篇，构成了一部19世纪40至80年代俄国社会生活的艺术画卷。19世纪中后期的数十年，亦是俄国现实主义文学的黄金时期，屠格涅夫是为数不多贯穿这一黄金时期的俄国大作家之一，他始终是俄国文坛的中心人物，他的每一部小说几乎都会引起巨大的反响和绵连的争论。

1858年，屠格涅夫的《阿霞》发表之后，车尔尼雪夫斯基写了一篇题为《俄国人赴约会》的评论文章，认为屠格涅夫小说主人公所表现出来的萎靡不振、犹疑不决的气质，已表明自由派知识分子在俄国社会生活中正在失去进步意义，这篇文章不仅受到安年科夫等人的激烈反驳，也引起屠格涅夫对车尔尼雪夫斯基等人的不满。《前夜》发表之后，杜勃罗留波夫写了一篇评论，题目叫作《真正的白天何时到来》，认为屠格涅夫小说的意义就在于呼唤一个新时代的到来。杜勃罗留波夫对《前夜》的这一"革命性"解读让屠格涅夫很难接受，他因此与《现代人》阵营彻底决裂。关于《父与子》的争论，更是西方派阵营正式分化为自由派和民主派的一个标志，车尔尼雪夫斯基后来之所以写作《怎么办》，在一定程度上就是要与《父与子》进行论战，构成对比。小说《父与子》的出版所引起的激烈争论，也可被视为屠格涅夫自己政治立场和艺术态度之冲突的反映。屠格涅夫构思《父与子》的初衷，原本是为了弥合两代人之间的隔阂，没想到，这部作品却激起了最为激烈的讨论，在各个方面均不叫好，用屠格涅夫自己的话来说就是："有些人指责我侮辱了年轻一代，骂我落后反动，他们关照我说，要带着'轻蔑的笑声烧掉你的相片'；相反，另一些人却愤怒地责备我随意奉承这年轻一代。"

屠格涅夫的每一部作品都是对俄国当时的社会生活和思想斗争的观照，因而也就必然会涉及对不同价值取向和社会发展道路的探究和思索；屠格涅夫的每一部小说都暗含着争论，是真正的思想小说。他是在不懈地通过自己的小说、以艺术的方式介入他那个时代的思想斗争，从而成为与陀思妥耶夫斯基和托尔斯泰比肩的俄国三大小说家之一。

1883 年 9 月 3 日，屠格涅夫在巴黎郊外的小镇布日瓦尔辞世。根据他的遗愿，他的遗体被运回俄国，葬于圣彼得堡的沃尔科夫墓地。

屠格涅夫的三个"散文板块"

被视为伟大小说家的屠格涅夫，其创作体裁其实十分多样，从抒情诗、长诗和散文诗到短篇、中篇和长篇小说，更有大量的特写、评论、戏剧和回忆录等。若以中国文艺学传统的"诗歌、小说、散文、戏剧"的体裁划分标准来看，屠格涅夫无疑是一位真正的"全能作家"。但在一般俄国读者心目中，屠格涅夫仍主要是一位"散文作家"。需要注意的是，中国和西方文人心目中的"散文"和"散文家"的概念并不完全等义，俄国人所言的"散文家"屠格涅夫的创作，其实就是他除诗歌之外的所有"非韵文"作品；而我们心目中的"屠格涅夫散文"则主要是指他那些"非叙事美文"。然而，即便以中国人的散文观看待屠格涅夫的文学创作，我们仍然能在其中发现三个典型的"散文板块"，即《猎人笔记》《文学与生活回忆录》和《散文诗》。

关于《猎人笔记》的体裁特征，俄国学者曾给出多种定义，如"短篇小说""随笔故事""渔猎笔记""风俗特写"等，不一而足，其实，用中国的"散文"概念来概括它们或许最为贴切。因为，《猎人笔记》所具有的诸多文体特征，诸如第一人称叙述、情节淡化、非虚构故事、作者主观意识和情绪的深刻渗透、白描的人物和诗意的写景等，无一不是汉语散文最为典型的元素。作为屠格涅夫的成名作，《猎人笔记》的叙事方式后一直为作家本人所沿用，并最终成为屠格涅夫总体风格的重要构成。《猎人笔记》的第一篇《霍尔和卡里内奇》于1847年刊于《现代人》杂志，在之后五年时间里，屠格涅夫陆续写出二十二篇，后以《猎人笔记》为题出版单行本。二十年后，屠格涅夫又将《契尔托普哈诺夫的末路》《大车来了》和《活骷髅》加入《猎人笔记》，共得二十五篇。

《文学与生活回忆录》也是屠格涅夫生前亲自编定的一部散文集，共收文十二篇，其中最早的一篇《关于夜莺》写于1855年，最晚的一篇《海上失火记》写于屠格涅夫临终前不久，时间跨度很大,但集子中的文章多数写于 19 世纪 60 年代末和 70 年代初。"回忆录"向来是西方文人最常用的"散文"文体之一,其内容不外对逝去岁月的追忆、对亲朋好友的缅怀以及关于社会历史和个人命运的思考,屠格涅夫的这部回忆录也不例外。

伟大的小说家屠格涅夫起步于抒情诗和长诗,而他的绝唱则是以诗与散文相结合的方式完成的,即《散文诗》。和《猎人笔记》一样,《散文诗》这个后来成为作品总题的书名也是编辑顺手加上去的,但它却仿佛构成了关于屠格涅夫整体创作一个最为直观而又形象的概括。

从创作体裁变化发展的角度来看,屠格涅夫整个创作大致可划分为六个阶段,或曰六个板块,即抒情诗、随笔故事、长篇小说、回忆录、中短篇小说和散文诗。不难看出,其中的二、四、六均为"散文创作"阶段,我们自屠格涅夫的创作历史中截取这三个断面,试图拼接成一幅屠格涅夫散文创作的全景图:无论是"笔记""回忆录"和"散文诗"等体裁差异,还是处女作、长篇写作之余的"歇脚"和最后的"绝唱"等历史特征,都既能让我们感觉到屠格涅夫散文的博大精深,又能使我们充分意识到作为一个有机整体的屠格涅夫散文创作。笼统地说,这三组散文的主题分别主要是现实生活、文学往事和哲人情怀;从形式上看,它们从小说故事到回忆录再到散文诗,其叙事性越来越弱,抒情性却越来越强,文字越来越简洁,意象也越来越具象征意味,可大致归为叙事散文、论述散文和抒情散文三大类。然而,它们毕竟都出自屠格涅夫之手,因而也具有一些共同的风格特征。

　　首先,是这些散文的诗意抒情氛围。屠格涅夫是一位小说家和散文家,可他的文学生涯却起步于诗(早期的抒情诗和长诗),也终结于诗(散文诗),此外,他的散文和小说也素以诗意见长,无论是《猎人笔记》对俄国农民和俄国自然的如画描摹,还是其长篇小说中如梦如幻的氛围营造,无不浸润着浓浓的抒情意味。冈察洛夫在读了屠格涅夫的小说后不禁赞叹:"诗歌和音乐,这便是你的手法。"其次,是这些散文富含哲理的内涵。屠格涅夫在俄国的大学读的是哲学专业,后又留学当时欧洲哲学的中心柏林大学,接受过最为严格的哲学训练;他生活、写作在一个俄国文化史上的理想主义时代,像他同时代绝大多数俄国作家一样关注俄国社会生活,同时也是一位思想家。尽管屠格涅夫在其文学作品中通常尽量避免直接的议论和纯逻辑推理,但他严谨的思维能力和深刻的哲学素养却时时处处体现于其作品中,在《文学与生活回忆录》中那些政论性较强的文章中,在晚年的散文诗中,这一点均得到醒目体现。最后,是作者在这些散文中表露出的真诚自然的心态。文如其人,风格即人,屠格涅夫善良随意的天性在其作品中无处不在,而他的文字也是他的性格的最佳体现形式。他的散文节奏舒缓宽松,从容不迫,再加之与人为善的口吻和浑然天成的结构,共同构成一种大手笔散文的典范。

《猎人笔记》

1847 年,屠格涅夫把一篇题为《霍尔和卡里内奇》的特写寄给涅克拉索夫主办的《现代人》杂志,编辑在决定刊发这部作品时为之加了一个副标题:"摘自《猎人笔记》"。之后,屠格涅夫陆续在该刊发表了二十余篇"笔记"。1852 年,《猎人笔记》单行本出版。

《猎人笔记》的发表构成一个伟大的文学事件和社会事件。以往的俄国文学史家大多将《猎人笔记》归类为短篇小说,当作一部典型的批判现实主义作品,可我们若将它当作地道的"散文"来阅读,或许反而能更解其中之味。因为,这部作品的巨大力量在一定程度上正来自其"非虚构"的叙事态度、"化整为零"的"形式策略"以及对俄国自然和普通俄罗斯人的诗意赞美,换言之,正来自这部作品的某些"散文化"特征。当时的批评家和读者如果完全将《猎人笔记》视为一部虚构的小说,它或许反倒不会产生如此强烈的社会效果。《猎人笔记》如果不是一篇一篇单独发表,如果没有被冠以"摘自《猎人笔记》"这一似乎无关痛痒的副标题,就未必能通过当时严格的书刊审查制度。后来发生的两件事可为佐证:《猎人笔记》单行本出版后,批准出版此书的书刊审查官旋即被革职;此后不久,屠格涅夫本人也被捕并遭流放,他的罪名是为果戈理写了一篇过于大胆热情的讣告,但当局的实际用心还是想惩罚《猎人笔记》这本捣乱之作的作者。据说,此书给后来的沙皇亚历山大二世留下强烈印象,使他最终做出了废除农奴制的决定。

在《猎人笔记》中,屠格涅夫对俄国农奴制度的揭露和抨击也很有"策略",他通过对美的歌颂来抨击丑,通过对俄国农民崇高品质的揭示来反衬他们的压迫者之卑下。屠格涅夫这些笔记大多写于国外,在将故乡与侨居地做比较时,屠格涅夫在对祖国怀有深切眷恋的同时,也更强烈地感觉到了俄国农奴制社会的不合理和不道德。他在回忆录中写到,他当初之所以出国,是因为"不能同我憎恨的对象并存,呼吸着同一种空气","我必须远远离开我的敌人,以便能从我所处的远方更有力地向它进攻"。他还说:"假若我留在俄国,我就肯定写不出《猎人笔记》。"《猎人笔记》结构随意,并无叙事主干,各篇或写景,如《森林和草原》;或写人,如《霍尔和卡里内奇》;或为主人公与叙事者的交谈,如《希格罗夫县的哈姆雷特》;或为无意听来的谈话,如《幽会》和《别任草地》(又译《白净草原》)。然而,《猎人笔记》却有一个贯穿的主题,这便是俄罗斯大地的优美以及与这大地同样优美的俄罗斯农民。作者对这些农民的描写显然带有更大同情,胜过他对上层阶级的态度。他笔下的地主要么粗俗残忍,要么事事无能,而他笔下的农民则大多富有深刻的人道精神和诗意的禀赋。这些富有力量和才华、自尊和智慧的人们,却为那些凶恶卑鄙的人所压迫、所统治,却生活在一个没有自由和平等的社会里!如此一来,现实的不公和荒谬,农奴制的残酷和不合理,也就是不言而喻的了。正是以这种心平气静、悄无声息的方式,屠格涅夫向俄国农奴制发出了最为强烈的控诉。

俄国文学史家米尔斯基曾在他的《俄国文学史》一书中这样评价《猎人笔记》:

自文学角度评价《猎人笔记》,无论怎样赞誉均不为过,即便并非总是这样,亦常常如此。如若说那幅 40 年代理想主义者肖像(《希格罗夫县的哈姆雷特》)仅为罗亭等形象之预备性素描,那么在乡村风景的描绘和农民性格的塑造上,屠格涅夫后来则从未超越诸如《歌手》和《别任草地》这样的杰作。《歌手》尤为突出,即便在《初恋》和《父与子》面世之后,它仍可被视为屠格涅夫的最高成就,是其艺术之一切最独特品质的典型体现。故事描写乡村酒馆里的一场唱歌比赛,竞赛者是农民亚什卡·图罗克和来自日兹德拉的一位商人。亚什卡与生俱来的天赋战胜了那位日兹德拉人的纯熟技巧。这部作品的俄语原作之优美难以言表……《歌手》亦可被视为屠格涅夫散文最杰出、最典型之作。它写得小心谨慎,不乏一定程度的刻意造作,可它给人的印象却是,其每一个字、每一句话均散发着绝对的轻盈和简洁。此为一种精挑细选的语言,十分丰富,却又绝妙地回避了那些会令读者感觉不快的粗词俗句。其景色描写之优美,主要得益于对精确得体的描述性字眼之选择。这里没有果戈理式的装饰性意象,没有铺张夸饰的节奏，没有华丽的抑扬顿挫。但是时而，在句子之间那种小心谨慎、手法多样、不显山露水的完美平衡中，显然能感觉出一只诗人之手，或诗人学生之手。

值得注意的是，米尔斯基毫无保留地将《歌手》称为"屠格涅夫的最高成就"，"其艺术之一切最独特品质的典型体现"，"屠格涅夫散文最杰出、最典型之作"，而我们先前在对《猎人笔记》乃至屠格涅夫整个创作进行解读时，似乎从未将《歌手》置于如此高度。

《文学与生活回忆录》

屠格涅夫自 19 世纪 60 年代开始写作并发表《文学与生活回忆录》。屠格涅夫的长篇小说《烟》于 1867 年发表后，与他之前的长篇《前夜》和《父与子》一样再次在俄国文学界和俄国社会引起激烈争论。此次争论似乎更让屠格涅夫焦虑，因为用作家自己的话来说就是，他"同时得罪了读者的左右两翼"。因此，他便打算以某种更为直接的方式与读者交流，而写作回忆录、把自己的往事和经历和盘托出就不失为一个好办法。在初次发表《文学与生活回忆录》的《代前言》中，屠格涅夫写道："我很想和读者谈一谈，希望哪怕能够告诉他们二十五年间积聚在我心中的一小部分往事。"

这些"往事"如这部回忆录的题目所指，可以划分为"文学"

和"生活"两大部分,两部分的篇幅也大致相等:文学艺术方面的回忆录有五篇,即《普列特尼约夫家的文学晚会》《回忆别林斯基》《果戈理》《阿尔巴诺和弗拉斯卡蒂之行》和《关于〈父与子〉》;对往事的追忆有六篇,即《戴灰色眼镜的人》《我们的人派来的!》《特罗普曼的处决》《关于夜莺》《贝加兹》和《海上失火记》。在这些回忆录中,前一组似乎更为后来的研究者和读者所重视,尤其是《回忆别林斯基》和《关于〈父与子〉》两篇。这些文字的确有着极其重要的文学史和思想史价值,正如它们的译者张捷先生所言:"所有这些作品一方面为我们了解这位杰出的作家和他的某些同时代人的生活经历、思想政治观点的演变和创作道路的发展提供了翔实的材料,另一方面也有助于更正确地理解他生活和创作的时代的特点以及社会思潮的起伏和文学的发展状况。"

屠格涅夫的"生活回忆录",尤其是他描写法国生活的篇章相对而言受关注较少,但如今我们发现,若就纯粹的散文阅读效果而言,甚至若从探究并把握屠格涅夫真实的生活态度和存在意识的角度来看,这些文章读来似乎更为有趣,比如《特罗普曼的处决》。

1870 年 1 月 19 日,屠格涅夫应法国作家迪康之邀,从头至尾地近距离观看了对巴黎杀人犯特罗普曼的处决过程,写下了这篇"有史以来最为恐怖的死刑描述之一"(米尔斯基语)。这篇中文不足两万字的散文,读来却觉得十分漫长。作为一位"旁观者",屠格涅夫不停地徘徊于"室内"和"室外",用各种细节和插笔来延缓叙事时间,他描写了刑场和刑具(断头台),刻画了刽子手和围观者,描述了死刑犯的等待和整个行刑过程,其中关于刽子手行刑前重新在捆绑死刑犯的白色新皮带上笨拙地打眼,为便于铡刀顺利落下而费力地剪去死刑犯脖后衣领的两段描写,尤其让人难耐,不寒而栗。在这整个叙述过程中,屠格涅夫不断写到他自己的感受和体验,写到他刹那间消散的睡意、不自然的好奇、不时涌起的厌恶和被触动的良心。在这篇散文的结尾,作家这样写道:"而死刑本身——它能证明本身是有理的吗?我没看到这样的场面给了人们以什么样的印象;而且这种似乎是有教育意义的场面本身也完全没有为人们所看见。……最后还有我,我得到了什么?得到的是在看见这个善于显示自己蔑视死亡的杀人犯、精神上的畸形儿时的一种不由自主的惊奇的感觉。难道立法者会希望给人产生这样的印象吗?在这些以经验为根据的反证面前,还能谈什么'道德目标'呢?"

正是这样的感受,使《特罗普曼的处决》有别于猎奇性质的新闻报道,而成为一篇关于人在直面死亡时的哲理思考。我们究竟有无权力心平气静地目睹他人的死亡,即便这个即将死去的人是一个十恶不赦的杀人犯?死刑这一惩罚方式究竟能给其他人带来多少"教育意义",其合理性和必要性究竟何在?与屠格涅夫的被触动形成鲜明对照的是围观者的冷漠和狂欢,是行刑者的一丝不苟,甚至是受刑者本人的无动于衷。在以往关于此文的评论中,人们常常会提及屠格涅夫悲悯的"人道主义",其实,屠格涅夫在文中所表达的并非对那个杀人犯的同情,甚至并非是"取消死刑"的建议,而是对"杀一儆百"这一人类自古就有的惩罚方式之道德基础的质疑,是对人们究竟该以何种方式面对他人死亡这一极端问题的存在主义意义上的思考。

《散文诗》

我国的屠格涅夫研究者朱宪生先生曾这样评说屠格涅夫的散文诗:"这是他在'无意'之中奉献给俄罗斯文学和世界文学的用诗和散文织就的最后一份珍贵的礼品,是他生命和艺术的绝唱,是一支撩人心弦、感人肺腑、又深沉、又哀伤的'天鹅之歌'。"屠格涅夫《散文诗》中所收的八十三篇散文写于1878—1882年间,其中创作时间最晚的《我的树》等篇写于1882年底,当时的屠格涅夫已接近生命的终点,身居国外、躺卧病榻的老作家回顾往事,思考生活,写下了这些思想深刻、艺术完美的散文诗。

《散文诗》第一部分的五十一篇1882年在《欧洲导报》发表时题为《暮年》,屠格涅夫的这些作品写于暮年,写的是暮年,是暮年的回首和沉思,它们在风格上也同样具有暮年一般的深沉和苍凉、真诚和自然。这是一组短小的散文片段,俄国人常称其为"微型抒情散文",它们大多具有一个叙事内核或曰话题,在结构上近似法国帕尔纳斯派诗人的客观抒情诗,即以视觉象征来表达其主观体验。这里有对青春和美的追念,对自然和艺术的赞叹,也有对生活和存在的厌倦,对人的能力的怀疑,更有面对孤独和死亡时的悲观和绝望。这是屠格涅夫向生活、祖国和艺术做出的深情道别。从风格上看,高度简洁的文字、具有象征性的意象、真诚自然的抒情态度等浑然一体,让人读来回味无穷。《散文诗》中的《俄罗斯语言》常被文学史家提及,学过俄语的人无不熟知这篇散文:

> 在彷徨的日子里,在焦虑祖国命运的日子里——唯有你才是我的依靠和支柱,哦,伟大、有力、公正与自由的俄罗斯语言! 如果没有你,目睹国内发生的一切,怎能不陷于绝望? 然而不可能相信,禀赋这样一种语言的不是一个伟大的民族!

这写于 1882 年 6 月的寥寥数语,却使后来一代又一代俄罗斯人倍感骄傲,骄傲于他们的民族语言。俄罗斯研究者们津津乐道的包括屠格涅夫在内的俄国作家所具有的"爱国主义精神",在我们这些异族人听来总觉得有些隔膜,但屠格涅夫在这篇散文诗中对于俄语的由衷赞叹却比较容易引起我们的共鸣。屠格涅夫是俄国作家中的西方派,他长期居住法国,与西欧作家联系广泛,是第一位赢得全欧声誉的俄国作家,俄国文学因为他而开始走向欧洲。然而,这位最为"欧化"的俄国作家,却又对包括俄语在内的俄国之一切怀有最为深刻的眷恋,他曾不无自豪地说:"我从不用俄语之外的任何语言写作。"他的这篇《俄罗斯语言》更提供了一个诠释:在他"彷徨""焦虑"的时候,俄语是他的"依靠和支柱";在他对俄国的一切深感"绝望"的时候,俄罗斯的语言让他感到希望尚存;他坚信,拥有一种伟大语言的民族一定是一个伟大的民族!这让我们意识到,一个民族之伟大,往往就在于其语言和文化之伟大,也就在于使用并锻造这一语言的该民族作家之伟大。

1880 年 6 月,屠格涅夫应邀回国出席莫斯科普希金纪念碑揭幕典礼并在典礼上致辞,他在讲话的最后说道:"不管怎么样,普希金对俄国的功绩是伟大的,人民应该向他表示感谢。他对我们的语言进行了最后的加工,现在就其丰富性、力量、逻辑性和形式的美来说,甚至外国语文学家也承认它几乎是居于古希腊语之后的第一位;他用典型的形象,用不朽的声音对俄国生活的各种潮流做出反响。他第一个用强有力的手把诗歌的旗帜最后深深地插在俄国土地上;如果说在他之后掀起的斗争的烟尘曾一时遮住这光辉的旗帜,那么现在,当这烟尘开始消散时,他所举起的战无不胜的旗帜将在高空重新放出光彩。希望竖立在古都正中央气宇轩昂的铜像能像他一样光芒四射,并向一代代未来的人宣告我们有权称为伟大的人民,因为在这个人民之中与其他伟大人物一起诞生了这样的人!"

在屠格涅夫演讲过后的第二天,另一位俄国大作家陀思妥耶夫斯基也登台讲话,他的命题是:普希金是一个纯粹的俄罗斯民族诗人,他的出现标志着俄罗斯思想的成熟和俄罗斯精神的定型,但与此同时,普希金作为一位"全人",又具有呼应一切的"全人类性",他是俄罗斯民族巨大潜能的例证,也是俄国未来之历史使命的先兆。屠格涅夫和陀思妥耶夫斯基这对冤家文人却在关于普希金的论述中找到共同语言,两人当时曾相拥而泣,在俄国文坛传为美谈。

屠格涅夫曾在《文学与生活回忆录》的《代前言》中自信地写道:"我根据切身经验可以这样说:我虽忠实履行在西欧生活中养成的原则,但这并不妨碍我深刻地感觉到和热心地维护俄罗斯语言的纯洁。祖国的批评家曾对我提出那么多的和那么各不相同的责难,但我记得,他们一次也没有责备我的语言不纯洁和不正确,没有责备我模仿他人的笔法。"屠格涅夫得益于俄语,用俄语写出了世界上最精美的文学作品之一,与此同时,他也颂扬俄语,宣传俄语,反过来对俄语做出了巨大贡献,"长期聋哑的俄国借助屠格涅夫最终发出了她的声音"(法国哲学家勒南在屠格涅夫去世后发出的感慨)。在了解了这些文化背景后,我们再来阅读屠格涅夫的《俄罗斯语言》和他的其他散文,便更能体会到这一语言之中所蕴含着的优美、力量和价值。

世界文学的顶峰

——托尔斯泰的三部长篇小说

在托尔斯泰的创作中，最为人称道的就是他的三部长篇小说，也就是《战争与和平》《安娜·卡列尼娜》和《复活》。

《战争与和平》

《战争与和平》是托尔斯泰的成名之作，也是俄国文学真正取得世界影响的标志性之作。托尔斯泰从 1863 年开始写作这部小说，而他此前十余年的创作，似乎都是在为这部小说做着铺垫和准备。1852 年，托尔斯泰的自传性中篇小说《童年》在圣彼得堡的《现代人》杂志上刊出，此后他又相继发表了《少年》《青年》《一个地主的早晨》《哥萨克》和《塞瓦斯托波尔故事》等作品。如果将托尔斯泰的早期创作看成一个整体，那么就可以发现它有三个基本主题，即贵族阶级的生活、战争的场面和对资本主义文明的批判。属于第一类主题的有自传三部曲《童年》《少年》和《青年》，三部曲的主人公尼科林卡出身贵族家庭，这个孩子从小就善于思考,对身边的人和事、景和物非常关注,三部曲实际上也就成了一个贵族少年心路历程的真实记录。《一个地主的早晨》记录了青年地主聂赫留朵夫在自己的庄园里所进行的不成功的改革尝试,这也是托尔斯泰自己的真实经历。第二类主题是战争,无论是在高加索地区与山民作战,还是在克里米亚抗击外国军队,那些亲历战场的体验都在托尔斯泰的小说中得到再现,其代表作就是《塞瓦斯托波尔故事》。第三类主题是对资本主义文明的批判,属于这一题材的有两部作品,即《卢塞恩》和《哥萨克》。托尔斯泰退伍之后曾经去欧洲各国游历,在瑞士城市卢塞恩街头目睹的一个场景,使他对西欧的"文明"深感失望。《哥萨克》则通过自然纯朴的哥萨克阶层与虚伪腐朽的贵族阶层这两者的对比,体现了后者生活的不健康。通过以上的分析我们不难看出,托尔斯泰早期涉猎的创作题材是很多面的,这也说明,作家正处在一个紧张的探索时期和试笔阶段。值得注意的是,这三大主题后来都在《战争与和平》中得到了扩展和深化。

　　《战争与和平》,仅从小说的题名来看这就是一部史诗。自人类出现以来,战争与和平便成了社会生活中最重要的主题,如同生与死、爱与恨之于个人生活一样。托尔斯泰的小说广泛地描绘了自1805年至十二月党人起义前夕俄国社会生活的画面。这里的"战争",是指1805—1812年间俄国与法国之间断断续续的战争,直到库图佐夫率兵彻底击退拿破仑;这里的"和平",是指这段时间里俄国社会各阶层的生活,从贵族阶级的舞会、出猎,到普通士兵的战斗生活和农民的日常劳动。托尔斯泰出身贵族家庭,青年时代又长期生活在上流社会的社交界中,他写起这一阶层的生活、刻画起这一阶层人士的心理来,可谓得心应手;他刻意接近下层人民,主动地去体验平民的生活方式,使他又具有一般贵族所没有的对人民生活的熟悉和理解。托尔斯泰长期在军中服役,并担任过下级军官,这使他能生动地写出战场上的细节,使他能比别人对战争及其意义和性质有更深的理解。可以说,无论是对"战争"还是"和平",托尔斯泰在写作这部巨著之前便已具有深厚的积累和深刻的体验。

《战争与和平》以库拉金、罗斯托夫、鲍尔康斯基、别祖霍夫四大贵族家庭的生活为情节主线,恢宏地反映了19世纪初期的俄国社会生活。作者将战争与和平的两种生活、两条线索交叉描写,让他的五百余位人物来回穿梭其间,构成一部百科全书式的壮阔史诗。作者歌颂了俄国人民抗击拿破仑入侵的人民战争的正义和胜利,并将俄国社会各阶层的代表人物置于战争的特殊时代,通过其言行和心理,塑造出众多栩栩如生的人物形象。小说中出现最多的是四大家族以及与四大家族有各种联系的贵族人物,他们被作者大致划分为两类:一类为趋附宫廷、投机钻营的库拉金家族,他们漠视祖国的文化,在国难当头时仍沉湎于寻欢作乐的生活;一类是另外三大家族,尤其是其中的优秀代表安德烈和彼埃尔,是接近人民、在危急关头为国分忧的人物,他们甚至能挺身而出,为祖国献出一切。在赞美这一类型的贵族精华的同时,作者也描写了普通人民中的杰出代表,这些普通的官兵在战争中体现出的朴实勇敢、高尚忠诚的品质,与那些身处高位却卑鄙渺小的贵族统治者构成了鲜明的对比。

《战争与和平》对战争大场面的描写是无与伦比的,作家在短短一两个章节中就能将数万人拼搏的战场描写得有声有色。作家又能在几段看似简单的叙述性文字中,准确地交代出一个个关键的政治事件和历史转折过程。与此同时,托尔斯泰也能深入多个人物的内心,让客观的历史画面描写与微观的人物心理历程相互对应。托尔斯泰笔下的人物,性格发展合情合理,通过彼埃尔、安德烈等人深刻的内心反省过程,我们似乎能看到托尔斯泰苦苦追求自我灵魂净化的轨迹。与对道德情感的描写相关的,还有托尔斯泰的道德学说,即所谓"托尔斯泰主义"。托尔斯泰主义在托尔斯泰晚年最终形成,但其中的一些主要内容如博爱、不以暴力抗恶等,在《战争与和平》中已有鲜明体现,如作者通过卡拉塔耶夫的形象就宣传了他的"勿以暴力抗恶"思想。列宁曾评价说托尔斯泰及其创作是俄国革命的"一面镜子",我们也可以说,《战争与和平》在某种意义上正是托尔斯泰本人追求道德完善之心路历程的一面镜子。

《战争与和平》有两大主题,即战争与和平,有三位最重要的主人公,即彼埃尔、安德烈和娜塔莎,还有四大家族。为什么恰恰是四大家族呢,就像《红楼梦》一样?如果是两家,可能就只有一种关系,线性的关系,最多是往返的关系;如果是三家则可以构成一个三角关系,使人物间的关系丰富复杂起来;而四个家族则能构成一个平行四边形，有四个角、四条边线和两条对角线，可以发展、变换出无限复杂的情节关系。

《安娜·卡列尼娜》

完成《战争与和平》之后，托尔斯泰经过反复思考，几易构思，创作出另一部享誉世界的长篇小说，这就是在 1877 年问世的《安娜·卡列尼娜》。小说的主人公安娜不满足无爱的家庭生活，爱上了贵族青年渥伦斯基，后者却因不敢承担爱的责任而抛弃安娜，绝望的安娜最后卧轨自杀，这是小说中的爱情、家庭线索；与这一线索构成呼应的是列文和基蒂幸福的家庭生活，其中着重叙述了列文的"改革"以及他对社会、政治、宗教、哲学等问题的思考，通过列文这一颇具托尔斯泰自传色彩的人物形象，小说的社会、哲理色彩得到了强化。

将《战争与和平》与《安娜·卡列尼娜》这两部小说做一个比较，是很有意思的。首先，它们都是作家反复构思、艰苦创作的产物。托尔斯泰开始构思《战争与和平》的时间，恰好是在1861 年俄国农奴制改革前后，俄国现实生活的动荡迫使作家把眼光转向祖国的历史，去寻找变革社会的良方，最初进入他视野的是十二月党人的贵族革命，他打算写一部小说，描写这些勇敢的贵族革命家，小说写出三章后却写不下去了，他转而写起比十二月党人更早的卫国战争。从 1863 年开始到 1869 年，托尔斯泰花费六年时间写出这部四大卷的小说，光手稿就达五千多页,作品的时间跨度长达十五年,人物达五百多个,是一部真正意义上的史诗。《安娜·卡列尼娜》的构思也同样充满反复,在《战争与和平》之后,托尔斯泰原想写一部描写彼得大帝改革的长篇小说,但后来,当代生活似乎更吸引托尔斯泰,于是他便放弃关于彼得大帝的写作计划,从 1873 年开始创作《安娜·卡列尼娜》,写了四年。起初,据托尔斯泰自己说,他想描写"一个不忠实的妻子以及由此引发的全部悲剧",也就是说,他的着重点放在"不忠实的妻子"上,具有传统家庭观念的托尔斯泰在开始创作时对主人公安娜是抱有敌意的,但是,当他将安娜的悲剧和整个社会现实联系在一起之后,他对虚伪社会的谴责就远远超出对安娜的谴责,艺术的逻辑使托尔斯泰在创作过程中给予安娜越来越多的同情。从《战争与和平》和《安娜·卡列尼娜》这两部小说的创作历史来看,它们都凝聚着作家思索的心血,同时也是作家持续不断的思想探索的产物。

其次,这两部小说的写作时间相差十年,篇幅上也相差很大,因此有人认为,从《战争与和平》到《安娜·卡列尼娜》,托尔斯泰的小说创作发生了巨大变化,从历史转向家庭,从史诗转向爱情小说。这样的观点过于看重两部小说的外在形式,其实,在《战争与和平》中同样有"家庭"的内容,即对四大家族的描写,也就是《战争与和平》中"和平"的内容,而在《安娜·卡列尼娜》中,通过安娜的爱情悲剧和列文的思想探索这两条线索体现出来的 19 世纪 60 至 70 年代俄国广阔的生活画面和深重的社会问题,同样构成了小说的史诗性质。陀思妥耶夫斯基在

他的《作家日记》中就认为,《安娜·卡列尼娜》不是家庭小说,
而是一部真正的社会小说。

最后,说到两部小说的不同,这主要体现在作品的基调和
氛围上。《战争与和平》充满蓬勃的激情、明朗的色彩和乐观的
基调,而这样的情绪基因在《安娜·卡列尼娜》中却荡然无存,
小说中几乎没有一个完全幸福的人。小说的开头写道:"幸福
的家庭都是相似的,不幸的家庭却各有各的不幸。"小说显然不
是以描写"幸福的家庭"为己任的,因为小说中的人物都"各有
各的不幸",一种浓重的悲剧氛围笼罩着整部小说。这种悲剧
氛围当然首先来自小说女主人公的悲剧命运,但更深地追究,
它无疑也来自托尔斯泰本人当时的思想危机。

《复活》

托尔斯泰的思想、道德探索在他最后一部长篇小说《复活》
中得到了更为深刻的体现。1881 年,托尔斯泰决定举家迁居莫
斯科,他当时主要出于两个考虑:一是为了给孩子们提供更好
的教育条件;二是为了迁就出生在莫斯科的妻子索菲娅回归城
市生活的愿望。托尔斯泰在莫斯科的生活用一个词就可以概
括,即简朴。移居莫斯科时的托尔斯泰已经完成了世界观的转
变,他决定放弃奢侈的贵族生活。他在繁华的莫斯科营造了一
个都市里的村庄,保持着清教徒式的生活方式。他不抽烟,不
喝酒,不吃肉,甚至连牛奶都不喝,他经常穿着粗布衣衫,还自

已动手缝衣服，做靴子。就是在莫斯科，托尔斯泰写出了《复活》。从1889年到1899年，托尔斯泰共花费十年时间才完成他的这部巨著，而在此之前，《战争与和平》只写了六年，《安娜·卡列尼娜》只写了四年，可篇幅比前两部小说都要小的《复活》所用的时间却等于前两部小说所用时间的总和，由此不难揣摩出作家写作过程的艰辛，以及作家对这部小说的精心打磨。

小说题为《复活》，其主要内容也就是玛丝洛娃和聂赫留朵夫这两个主人公精神上的"复活"过程。这里的"复活"，至少是就这么几重意义而言的。首先，是女主人公玛丝洛娃的复活。玛丝洛娃被聂赫留朵夫引诱并抛弃之后，便不再相信社会的正义和公平，不再相信善，在妓院里熬了七年之后，她更是万念俱灰，她抽烟喝酒，为了金钱可以出卖一切，灵魂空虚，没有追求，在精神和道德上都非常堕落。是聂赫留朵夫后来的三次探监才使她的心灵受到冲击，逐渐开始觉醒，直到被流放西伯利亚，在与政治犯的交往中她才在精神上赢得真正的"复活"，她为无辜的犯人求情，竭尽全力地帮助别人，她最后选择嫁给革命者西蒙松，一方面是因为她虽然恢复了对聂赫留朵夫的旧情，却不愿意拖累他；另一方面也是因为，她在革命者身上看到了一种无私、崇高的品质，因此决定做一个像他们一样的人。到这里，玛丝洛娃不仅恢复了她纯洁的道德感，同时还获得一种崭新的献身精神。其次，是男主人公聂赫留朵夫的复活。托尔斯泰写道，在聂赫留朵夫身上一直存在两个人，一个是精神的人，一个是动物的人。聂赫留朵夫一直过着养尊处优的贵族生活，他引诱玛丝洛娃，导致玛丝洛娃后来的不幸和堕落，可他自己却浑然不知，直到他以陪审员的身份坐在法庭上审判玛丝洛娃，一个有罪的人在审判一个无辜受害的人，他的灵魂因此受到强烈震撼。不过，与玛丝洛娃相比，聂赫留朵夫的精神"复活"过程要更为艰难一些，因为，他要完成"灵魂的扫除"，首先就得对他身在其中的社会秩序做出否定，就得背叛自己的阶级和阶级利益，最后他自愿陪同玛丝洛娃去西伯利亚，似乎是一个象征，表示聂赫留朵夫已经完成"道德上的自我完善"。小说的情节主要以倒叙和插叙的方式进行，作家试图以此将主要笔墨集中在两位主人公的精神觉醒过程上，着重写他们的"复活"。再次，"复活"这一题目也暗含着对社会之"复活"的希望，"复活"是以死亡为前提的，托尔斯泰在《复活》中描写的社会已经是一个僵死的社会，托尔斯泰巧妙地通过聂赫留朵夫为救玛丝洛娃而上下奔走的过程，将包括贵族阶层、司法机构和教会在内的整个国家结构全都展现出来，让人们感觉到，这个社会除了在彻底地死去之后再重新"复活"，似乎没有其他的出路。最后，我们可以在《复活》的题目中感觉到的似乎还有托尔斯泰本人的精神复活过程，聂赫留朵夫的心路历程在一定程度上也可以被看成是托尔斯泰自己痛苦的思索过程。在聂赫留朵夫身上，我们可以看到托尔斯泰本人的一些品质和追求，如丰富的内心世界，对自己和他人高度的道德要求，渴望四处播散自己的爱和善，寻找与民众结合的道路等。聂赫留朵夫赢得了精神上的"复活",但是小说中写道,"至于他一生中这个新阶段会怎样结束,那却是将来的事情了"。也就是说,连托尔斯泰自己也不清楚,在精神的"复活"之后,接下来将走向何方。通过《复活》的写作,托尔斯泰完成了一次思想上的飞跃,他在这前后创立的"托尔斯泰主义",主张"道德的自我完善",主张"勿以暴力抗恶",他的思想在这一时期获得广泛传播,也赢得了众多追随者。

托尔斯泰的三部长篇小说分别写于 19 世纪 60 年代、70 年代和 80 年代,《战争与和平》写了六年,从 1863 年写到 1869 年,《安娜·卡列尼娜》写了四年,从 1873 年写到 1877 年,《复活》则写了十年,从 1889 年写到 19 世纪的最末一年 1899 年,这三部小说越写篇幅越小,越写结构越简洁,而调性却越来越滞重,作者的声音在小说中的体现却越来越强烈。如果说《战争与和平》是一部乐观激昂的民族史诗,《安娜·卡列尼娜》是一出社会性的家庭悲剧,《复活》则是一部深刻的道德忏悔录。三部小说合为一体,使托尔斯泰的创作、使整个俄国文学攀上了世界文学的顶峰。

追寻大师的足迹
——契诃夫之旅

阅读契诃夫的作品是一种旅行,游历与契诃夫相关的地方也是一种阅读。我读过契诃夫的许多作品,也游历过许多"契诃夫名胜",一直在阅读和游历中追寻契诃夫的足迹。

从塔甘罗格出发

上世纪 90 年代初的一个夏日,我从乌克兰的基辅乘火车返回莫斯科,列车在天蒙蒙亮时停靠一个车站,事先有所准备的我下到站台,见站牌上果然写着"塔甘罗格"的字样——这里是契诃夫的故乡。列车停靠十分钟,车站位于高高的山坡,时辰和地势都为我提供了观察这座城市的良好条件。站台上没有人,朦胧的晨雾笼罩四周,但透过薄雾可以看到山坡下低矮凌乱的城市建筑,以及更远处的亚速海,无论大海和房屋,还是山坡和车站,似乎全都是一种色调,即灰色,隐隐地有一股鱼腥味飘过来,这有些暗淡甚至肃杀的氛围几乎顿时让人心生几缕

"契诃夫式的忧郁"。

1860 年 1 月 29 日，未来的作家安东·契诃夫就出生在此城警察街六十九号的平房里。他的父亲是食品小铺老板，全家共有六个孩子，安东·契诃夫排行老三，有哥哥、弟弟各两个，还有一个妹妹。除了上学，几个孩子还有两项任务：一是帮父亲看守店铺，据说四五岁的安东就开始站在凳子上为顾客服务，当然，光顾小店的各色人等无疑也会成为幼小的安东的阅读对象；二是在教堂唱诗班唱歌，每天清晨和傍晚，契诃夫家的几兄弟便在父亲的强迫下去教堂唱歌，雷打不动，契诃夫后来将此称为"苦役"，并感慨："我在童年时没有童年。"

1876 年，安东的父亲无法偿还因进货和建房而欠下的债务，带领全家自塔甘罗格逃往莫斯科，把安东独自留在塔甘罗格，名为继续学业，实为留给债主的"变相人质"。十六岁的安东寄人篱下，忍辱负重，靠当家庭教师维持生计。后来，已成为著名作家的契诃夫在给朋友苏沃林的信中这样写道："贵族作家们天生免费得到的东西，平民知识分子们却要以青春为代价去购买。您写一个短篇小说吧，讲一个青年，农奴的后代，他当过小店员和唱诗班歌手，上过中学和大学，受的教育是要尊重长官，要亲吻神父的手，要崇拜他人的思想，为每一片面包道谢，他经常挨打，外出做家教时连一双套鞋也没有……您写吧，写这个青年怎样从自己身上一点一滴地挤走奴性，怎样在一个美妙的早晨一觉醒来时感到，在他血管里流淌的已不再是奴隶的血，而是真正的人的血。"契诃夫建议苏沃林描写的这个"青年",在某种程度上就是契诃夫自己;契诃夫建议苏沃林写作的这一主题,后来却成了他自己创作中贯穿始终的红线。

契诃夫在塔甘罗格生活了近二十年,约占其一生的一半时光。塔甘罗格的童年和青少年生活在契诃夫之后的小说中留下深刻痕迹:契诃夫一家曾租住在叶夫图申科夫斯基家,契诃夫后在《冷血》《市民》等小说中写到这位房主;站柜台的经历和感受,无疑在《万卡》《困》《三年》等小说中得到体现;他学生时代的体验和见闻被写进《套中人》;在《贪图钱财的婚姻》《乌鸦》《姚内奇》等小说中我们也不难分辨出塔甘罗格的街景和习俗。更为重要的是,早在塔甘罗格,契诃夫已经开始了真正的文学创作。独自待在塔甘罗格的契诃夫享有较多自由,他是当地剧院的常客,耳濡目染之余,他自己也写起剧本来,除了几个篇幅很短的轻松喜剧外,他还创作了一部真正意义上的"大戏"。1878—1879 年间,上七八年级的契诃夫写下剧本《没有父亲的人》,此戏主角是三十岁左右的乡村教师普拉东诺夫,在与一群爱他的女人的纠葛中,在与身为将军的父亲的冲突中,这个人物展现出了其丰富的内心世界和生活哲学,契诃夫戏剧人物的诸多特质似乎都可以在他身上寻到源头。这部剧本直到 20 世纪 20 年代才被发现,许多契诃夫学家在仔细研究后断定这部作品确系中学生契诃夫所作。20 世纪 50 年代,此戏开始登上世界各地戏剧舞台,但多更名为《普拉东诺夫》。看过这部戏的观众,甚至排演此戏的导演和演员,往往都会疑惑:这样一部人物关系如此复杂、戏剧元素如此饱满的剧作,这样一部充满现代感甚或存在主义意识的剧作,怎么会出自一位十八九岁的中学生之手呢?这种怀疑,恰恰论证了契诃夫过于早熟的戏剧才华,反而是对契诃夫过人文学天赋的一种肯定。

如今,塔甘罗格已成为一座真正的"契诃夫之城",契诃夫的痕迹在这里俯拾皆是:契诃夫出生的那座平房被辟为"契诃夫故居博物馆";契诃夫故居所在的街道被命名为"契诃夫街";契诃夫家当年开的小铺也依原样恢复,成为"契诃夫家小铺博物馆"(亚历山大街一百号),小铺门头的巨大招牌上写有"茶叶红糖咖啡暨其他殖民地产品"的字样;安东·契诃夫读过书的学校如今是"契诃夫文学博物馆"(十月大街九号);他当年经常去看戏的那家剧院如今是"契诃夫剧院"(彼得罗夫街九十号);塔甘罗格的图书馆称为"契诃夫图书馆",因为契诃夫去世时捐款捐书创建了这家图书馆;塔甘罗格的博物馆称为"契诃夫博物馆",因为这也是契诃夫当年提议并发起募捐创建的;1934年,城里的一座街心花园被命名为"契诃夫花园";1960年,为纪念契诃夫诞辰一百周年,契诃夫的纪念碑被竖立在塔甘罗格市中心。

1879年,孤身一人在塔甘罗格度过三年的安东·契诃夫考上莫斯科大学医学系,这年8月6日,踌躇满志的十九岁中学生契诃夫乘火车离开故乡城塔甘罗格,从这里走向莫斯科,走向了世界。站台上响起铃声,我乘坐的列车也即将出发,沿着契诃夫当年走过的铁路北上。

"五斗橱"中的生活

来到莫斯科的安东·契诃夫与家人团聚,但一家人居无定所,据契诃夫研究者统计,在 19 世纪 80 年代,他们一家在莫斯科租住过的地方有近十处,其中居住时间最长、与契诃夫的创作关联最多的,是位于花园道库德林街六号的一座两层小楼。1886—1890 年间,契诃夫一家租住此地,这幢小楼如今被辟为契诃夫故居博物馆,是国家文学博物馆的分馆之一。这家博物馆的工作人员对我说,博物馆的内部陈设与契诃夫在世时一模一样,因为契诃夫的兄弟和妹妹留有相关的图画和文字资料,屋内的展品中也有许多珍贵实物,系契诃夫家人所赠。

2017 年 8 月 17 日,借赴俄参加俄罗斯文学大会之机,我走进莫斯科的这座契诃夫故居博物馆。漆成朱红色的小楼上悬挂着一块大理石牌匾,上面写着:"伟大的俄国作家安东·帕夫洛维奇·契诃夫 1886—1890 年间生活于此。"这幢砖石结构的楼房建于 1874 年,当年的主人是莫斯科的名医科尔涅耶夫,主人一家住在相邻的主楼,这幢二层小楼是所谓"侧房",或译"附属建筑",共有五六个房间。来契诃夫家做客的朋友开玩笑地称此楼为"准城堡",契诃夫自己则称其为"五斗橱",并将外墙的红色称为"自由派的色彩"。

进门后的第一间展室原为契诃夫家的厨房和餐厅,这里的展览以"契诃夫和莫斯科"为主题,一些老照片展示了 19 世纪

80 年代的莫斯科建筑和街景。这里有大学生契诃夫穿过的"校服",还有哥哥尼古拉为他画的两张肖像画,一张是他 1880 年入学时的模样,一张是他 1884 年毕业时的形象,后一幅画没有画完,但契诃夫自己却认为这是他最好的肖像画之一。这里自然也摆有契诃夫的许多手稿、最早刊发契诃夫作品的几份杂志以及契诃夫最早的几部短篇小说集。1880 年来到莫斯科后,契诃夫在莫斯科大学医学系上学,一家人都没有稳定收入,日子过得相当拮据,契诃夫的二哥尼古拉擅长画画,常给莫斯科和圣彼得堡的幽默杂志画一些插图以赚点稿费,契诃夫受他影响,也试着给幽默杂志投稿。1880 年 3 月 9 日,圣彼得堡的幽默杂志《蜻蜓》第十期刊出契诃夫的两个短篇,即《写给有学问的邻居的信》和《在长篇小说和中篇小说等作品里最常见的是什么》,这是契诃夫的处女作。自此以后,契诃夫的幽默小品写作一发不可收,每年都有百余篇面世,多家幽默杂志向他约稿,除《蜻蜓》外还有《闹钟》《观众》《娱乐》《蟋蟀》《花絮》等,看着这些五花八门的杂志以及契诃夫作品的复印件,真不知当时的医学系大学生契诃夫怎么能有如此旺盛的文学创作精力。1884年,契诃夫的第一部短篇集《梅尔波梅尼的故事》面世;1886 年,第二部集子《形形色色的故事》也得以出版。这两部短篇集都摆放在展柜里,但与它们并列,展柜里还有一部已由契诃夫亲自编好的小说集,题为《谐谑集》,后由于种种原因未能面世。这一时期的契诃夫在发表小说时使用了数十个笔名,但最常用的是"安东·契洪特",这是他上中学时一位老师给他起的外号,用俄语发音时重音位于最后一个音节,能产生某种喜剧效果。契诃夫这一时期的创作,因此也被称为"契洪特时期"。一般认为,契诃夫这一时期的创作是搞笑的,为稿费写作的,但正是在这一时期,契诃夫创作的简洁、幽默、冷峻等标志性特征亦已显现,这一时期写出的《一个文官的死》《胖子和瘦子》《猎人》《变色龙》《假面》《苦恼》等,后来均成为俄国文学中的珍品。

一楼的另一个房间是契诃夫的书房,临街的一面又隔出两个小房间,分别是作家和他弟弟米哈伊尔的卧室。书房里最醒目的摆设就是契诃夫的书桌,书桌上铺着绿色呢绒布,摆有两个烛台和一个墨水瓶,还有契诃夫两位好友的照片,分别是作曲家柴可夫斯基和画家列维坦。书桌旁的墙壁上还悬挂多张照片,我认出其中一位是契诃夫的"恩师"格里戈罗维奇。德米特里·格里戈罗维奇是当时俄国文坛的一位大家,1886 年 3月,他读到契诃夫发表在报纸上的作品后修书契诃夫,在盛赞后者文学天赋的同时,也建议后者不要荒废自己的文学才华:"请丢开那种赶时间的写作吧。"契诃夫读信后既激动又惶恐,便转而开始以更严肃的态度对待自己的写作。在此之后,他逐渐疏远那些幽默杂志,开始与《新时代报》等主流文学报刊合作。从 1886 年起,也就是从住进这幢房子起,契诃夫短篇小说的发表数量逐渐减少,从每年百余篇下降到每年十余篇,但几乎每一篇都是上乘之作,如《万卡》《灯火》《草原》《没意思的故事》《命名日》等。1888 年,契诃夫因短篇集《黄昏》获普希金奖,由此奠定了他在俄国文学中的稳固地位。值得一提的是,作为剧作家的契诃夫也形成于这幢房子，他在这里写出《熊》《求婚》《天鹅之歌》《伊万诺夫》《林妖》等剧作。就是在这间书房里，就是在这张书桌旁，契诃夫完成了他的创作转折，从一位幽默小品作家成长为一位俄国文学大家。

契诃夫的书房里有一座壁炉，壁炉旁摆放着两把椅子，上了年纪的女讲解员指着椅子耳语般地对我说，这就是契诃夫接待病人的地方。每天上午，契诃夫大夫在这里给人看病，直到有一天，一个生命垂危的孩子被家人送来，契诃夫最终未能挽救他的生命，这件事对契诃夫打击很大，他从此放弃了行医。不知讲解员的这段"野史"来自何处，契诃夫当时可能的确不再担任"职业医生"，但学医出身的契诃夫之后仍一直没有停止为人看病，在梅里霍沃，在雅尔塔，他都曾义务为周围的民众看病。契诃夫的这间"诊所"在 19 世纪 80 年代中期关门歇业倒是有可能的，因为此时，文学写作已经能给契诃夫带来比行医更多的收入和更大的影响。

契诃夫故居博物馆的二层是契诃夫的母亲和妹妹的卧室，另有一间客厅。二楼经过扩建，还辟出一间小剧场，这里经常上演契诃夫的剧目，或举办与契诃夫相关的研讨会。

走出契诃夫故居博物馆，我来到出口处的一个小花园，这花园契诃夫般地简朴自然，但几棵绣球花却开得很灿烂。坐在花园的长椅里，我突然想起契诃夫与家人的一张合影，其拍摄位置可能就在这座小花园旁，因为照片上依稀可见葡萄架的影子。这张照片往往附有这样的说明文字："契诃夫远行萨哈林岛之前与家人合影。"1890 年 4 月,契诃夫就是从这幢小楼出发,踏上了他艰辛的萨哈林岛(库页岛)之旅。

萨哈林岛之旅

萨哈林岛位于黑龙江入海口,自隋唐起便为中国领土,清代时称库页岛。在 1858 年和 1860 年,俄国分别通过《瑷珲条约》和《中俄北京条约》迫使清朝政府割让库页岛,并改岛名为"萨哈林",这一名称其实也源自满语,意为"黑",是满语"黑龙江"一词的首个音节。俄国占领库页岛后不久,便将该岛辟为关押犯人的流放地,到契诃夫决定造访该岛的 1890 年,岛上的流放犯已逾万人。

契诃夫为何起意前往万里之外的萨哈林呢?契诃夫自己一直没有明说,他在给朋友的信中开玩笑地说,他只是想从他自己的生平传记中"抹去一年或者一年半"。实际上,促成契诃夫踏上萨哈林之旅的原因可能是多方面的:首先,他的哥哥尼古拉于 1889 年的去世对契诃夫打击很大,使他心烦意乱,情绪消沉,他想寻求一种摆脱这一心境的方式,用他自己的话说就是:"我去旅行,是为了在半年时间里换一种方式生活。"其次,他此时正处于他创作中的又一转折时期,如何更上一层楼,是他作为一位严肃作家需要面对的问题,去往陌生疆域的遥远旅行,自然可以开阔眼界,积累创作素材,在读万卷书的同时行万里路。再次,契诃夫选中萨哈林作为旅行目的地,无疑主要是冲着那儿的特殊"居民"去的，在当时的俄国，与苦役犯、流放犯的待遇和命运密切相关的公正、公平、人道等问题已成为社会舆论的热点，作为批判现实主义作家的契诃夫，自然也会把真实地揭示萨哈林囚犯的生活实况视为自己应尽的社会责任。最后，契诃夫在给朋友的信中说过这样一句话："我们应该到萨哈林这样的地方去朝圣，一如土耳其人前往麦加。"这句话道出了契诃夫的一个心机，即他前往萨哈林是去朝觐苦难，同时也是检阅自己，检阅自己对苦难的承受能力，检阅自己的意志和良心。

1890 年 4 月 21 日，契诃夫离开莫斯科，他先火车后轮船，从秋明开始乘坐马车穿越西伯利亚，历尽千辛万苦，然后在 6 月乘上轮船，沿黑龙江北上，终于在 7 月 9 日抵达萨哈林，这次长途旅行历时近三个月。契诃夫在岛上又逗留了三个月，他挨家挨户访问当地住户，探访犯人，留下近万张田野考察卡片。他在给友人的信中写道："我走遍了所有居民点，走访了所有住户，每天五点起床，整天都在一刻不停地想着，还有很多事情要做。"10 月 13 日，契诃夫踏上返程，他乘海船绕过亚洲东海岸，经苏伊士运河到达敖德萨，然后乘火车于 12 月 8 日回到莫斯科。

契诃夫萨哈林之旅的最重要成果就是他留下的两本书，即《寄自西伯利亚》和《萨哈林岛旅行记》。《寄自西伯利亚》是他应苏沃林之约为《新时代报》撰写的系列旅行随笔，契诃夫在这些随笔中记叙西伯利亚的风土人情，旅途中的趣闻逸事，他既抱怨"西伯利亚大道是世界上最漫长、似乎也最糟糕的道路"，也感慨"对被关押在流放地、在这里备受折磨的人如此冷漠，这在一个基督教国度里是不可理喻的"。当然，契诃夫此行最主要的文字收获还是《萨哈林岛旅行记》，在旅途结束后，契诃夫花费近五年时间才最终完成此书。全书共分二十三章，前十三章以时间为序，描写作者在岛上的行踪和见闻；后十章是就专门问题展开的思考和论述，如岛上的其他民族、被强制移民的生活、妇女问题、流放犯的劳动和生活、犯人的道德面貌和逃跑问题、岛上的医疗问题等。此书的写作和出版表明，契诃夫不仅是一位杰出的作家，还是一位杰出的社会学家和民俗学家，一位热情饱满的社会活动家。《萨哈林岛旅行记》的出版引起巨大社会反响，各界人士就此展开相关讨论，最终直接或间接地促成了俄国的多项司法改革，如1893年禁止对妇女进行体罚，修订与流放犯婚姻相关的法律，1899年取缔终身流放和终身苦役，1903年禁止体罚和给犯人剃阴阳头等。最近，契诃夫当时留下的近万张卡片也被结集出版，让人们对契诃夫当年工作的细致和深入有了更多的见识和赞叹。契诃夫的萨哈林之行以及他留下的这三部著作，都是伟大的人道主义壮举。

契诃夫萨哈林之行的足迹永久地留在了这座俄国面积最大的岛屿上，如今，岛上有多处契诃夫名胜，如契诃夫故居博物馆、契诃夫纪念碑、契诃夫剧院、契诃夫大街、契诃夫与萨哈林历史文学博物馆、契诃夫《萨哈林岛旅行记》博物馆等。契诃夫《萨哈林岛旅行记》博物馆建于1995年，专门展览与契诃夫此书相关的内容,如此书的写作经过,书中写到的人物和地点的照片、图画和其他实物,此书在世界各地的翻译和传播等,这家博物馆还定期举办国际性的"契诃夫研讨会"。专门为一本书建立一座博物馆,这在世界上还不多见。

契诃夫的萨哈林之行最令我们感兴趣的,还是他在这次旅行中与中国产生的关联。在契诃夫发自伊尔库茨克的信中有这样的话:"我看到了中国人。这些人善良而又聪明。"在布拉戈维申斯克(海兰泡),他又在给苏沃林的信中称中国人"是最善良的民族"。在逗留布拉戈维申斯克的两天间,契诃夫曾渡过黑龙江游览了瑷珲城。在乘船沿黑龙江继续北上时,契诃夫与一位中国人同住一间一等舱室,契诃夫在给家人的信中详细描写了这个中国人的言谈举止,还请那位中国人在他给家人的信中写了一行汉字。值得一提的是,契诃夫的萨哈林之行是在沙皇俄国疯狂侵占中国土地、残酷迫害中国人之后不久,但在契诃夫的文字中却看不到他对中国人的居高临下和盛气凌人,相反,善良的他还感觉到了中国人的善良。契诃夫原打算自萨哈林乘海船回国途中访问上海和汉口,但因故改变计划,只在香港做短暂停留。尽管如此,契诃夫的足迹仍两度印在中国的国土上,这在 19 世纪的俄国大作家中是绝无仅有的。

我曾在黑河乘过江轮渡前往对面的俄罗斯城市布拉戈维申斯克,船至江心,突然想到两岸的风光就是契诃夫当年看到过的景色,他在一封信中写道:"我在阿穆尔江(即黑龙江)上航行了一千多公里,欣赏的美景如此之多,获得的享受如此之多,即使现在死去我也毫无恐惧。"如今在布拉戈维申斯克有一尊契诃夫的纪念浮雕,上面写有一行字:"1890 年 6 月 27 日安·帕·契诃夫曾在此停留。"而在黑龙江此岸的瑷珲古城,也立有一尊契诃夫雕像。

走进梅里霍沃的秋天

2015 年 9 月,我随中国作家代表团走进梅里霍沃,走进了梅里霍沃的秋天。

1892 年 3 月,三十刚刚出头、却已在俄国文坛赢得极高地位的契诃夫带领全家由莫斯科迁居梅里霍沃。契诃夫一家此前的生活一直不甚宽裕,契诃夫成为大作家后,终于有可能为全家购置一座庄园。1892 年,契诃夫在报上看到梅里霍沃庄园主人索罗赫金的出售广告,便花费一万三千卢布购得此处房产。之后,契诃夫全家齐上阵,下大力气整修和新建房屋,耕种土地,终于将梅里霍沃打造成一座像样的庄园。契诃夫常在给友人的信中谈及自己的庄园。初到庄园时他写道:"我一连三天待在我购买的庄园里。印象不错。从车站到庄园的路始终掩映在森林里……庄园自身也很漂亮。"多年后他又写道:"如您所知,我现居乡间,在自己的庄园……我像从前一样没有成家,也不富裕……父母住在我这里,他们见老,但身体还行。妹妹夏季住在这里,操持庄园,冬季在莫斯科教书。几位兄弟各有工作。我的庄园不大,也不漂亮,房子很小,就像女地主科罗勃奇卡（果戈理《死魂灵》中的人物。——引者按）的房子，可是生活很安静，也很便宜，夏季十分舒适。"

梅里霍沃庄园的核心建筑是一幢共有八个房间的平房，其中除契诃夫的书房和卧室外，如今还保留着契诃夫的父亲、母亲、妹妹和弟弟的卧室。契诃夫的父母常住梅里霍沃，兄弟妹妹以及侄子们也是梅里霍沃的居民，他们构成一个庞大的家庭。成为大作家后的契诃夫仍与自己的大家庭合住，这在俄国作家中十分罕见，其中原因，除了契诃夫家抱团合群的小商人家庭的固有传统外，无疑也与契诃夫本人随和宽容的性格相关。

在如今辟为国家文学博物馆的这座庄园里，随时随地都能感觉到契诃夫不无幽默的温情。主屋背后有个小池塘，是契诃夫一家入住后开挖的，据说契诃夫喜欢坐在塘边钓鱼，他称这池塘为"水族箱"（也可译为"鱼缸"）；契诃夫的书房正对一片菜地，据说契诃夫的妹妹玛丽娅善于种菜，每到秋天，这片菜园总是硕果累累，契诃夫因而称之为"法国南方"；花园里有一棵老榆树，契诃夫称之为"幔利橡树"（《圣经》里耶和华在幔利橡树旁对亚伯拉罕显现），他还亲手在树上装了一个"三居室"鸟笼，起名为"椋鸟兄弟酒家"；契诃夫爱狗，入住梅里霍沃后，他从友人处要来两只矮脚猎犬幼崽，取名希娜和勃罗姆，几年过后，狗已长大，他认为应该像俄国人对待成年人那样对它们采用以名字加父称的尊称，即"希娜·马尔科夫娜"和"勃罗姆·以撒耶维奇"……

契诃夫不仅将他的家人安置在梅里霍沃,他更将梅里霍沃及其周边地区视为自己的大家庭。"梅里霍沃时期"(1892—1899)是契诃夫一生的壮年时期,也是他社会活动最为积极的时期。在这段时间里,契诃夫于1894年、1897年两次当选谢尔普霍夫县乡村自治会任期三年的议员;契诃夫在这里先后为农民子弟建起三所学校(这些学校的旧址如今分别辟为乡村教师博物馆、乡村学校博物馆和契诃夫作品主人公博物馆,均为契诃夫梅里霍沃文学博物馆的分馆);根据他的建议,在梅里霍沃所在的洛帕斯尼亚区设立邮电局(该邮局旧址现为契诃夫书信博物馆);更为人们所记忆的是,在契诃夫入住梅里霍沃后不久,该地区霍乱流行,契诃夫作为一名医生勇敢地站出来,应地方政府之邀创办诊所,免费为病人看病,他负责的巡诊区包括二十五个村庄、四座工厂和一个修道院,他没有助手,没有补贴,所有花费均靠他自掏腰包或四处化缘,他甚至在自家园子里种植草药,自制所需药品。契诃夫在梅里霍沃的行医经历,曾让契诃夫本人说出一句名言:"医学是我的合法妻子,文学是我的情人。"也让他的研究者后来有过这样的归纳:"作为作家的契诃夫从不为人开具药方,作为医生的契诃夫则始终在治病救人。"

契诃夫当年以梅里霍沃为家,而梅里霍沃所在的广阔区域如今也成了契诃夫永远的家。为纪念契诃夫,梅里霍沃所在的洛帕斯尼亚区如今被命名为契诃夫区,作为区中心所在地的洛帕斯尼亚城也更名为契诃夫市。

契诃夫一生写作的三百余部作品(不包括他早期的大量幽默小品)中有四十二部作品写于梅里霍沃。自1886年接受格里戈罗维奇的建议开始"严肃创作",到他去世的1904年,契诃夫的创作持续不到二十年,其中在梅里霍沃的七年写作可以说是他创作上的金色收获期。前往萨哈林的长途旅行之后,契诃夫在宁静的梅里霍沃歇息下来,静心思考,写完《萨哈林岛旅行记》。契诃夫这一时期的中短篇小说常以"县城C"及其附近乡间为情节发生地,这个"C"就是指梅里霍沃附近的谢尔普霍夫县。契诃夫的许多小说名篇,如《决斗》《六号病室》《黑修士》《文学教师》《挂在脖子上的安娜》《带阁楼的房子》《我的一生》《套中人》《农民》等,均写于这一时期。

在契诃夫的书房,讲解员让我们留意房间的色调,从写字台上铺的呢绒到沙发和扶手椅均为绿色,讲解员说,契诃夫患有严重的眼疾,又要长时间伏案写作,绿色能减轻他的视觉疲劳。书房里并列的三个长方形窗户正对着妹妹玛丽娅经营过的那片菜地,虽在秋天,那里仍是一片葱翠。契诃夫著名的夹鼻眼镜也摆在书桌上的玻璃罩里,眼镜旁边还有一张打着粗横线的透格板,契诃夫常把这纸板垫在稿纸下,按照透过来的横格写作。桌上的几份契诃夫手稿上,字迹也很粗大。看着夹鼻眼镜旁的透格板和手稿,我觉得契诃夫这副著名的、标志性的夹鼻眼镜所衍射出的不再是绅士般知识分子的优雅,而是一位无比勤奋的写作者的艰辛。

契诃夫家人丁兴旺,何况还有大量来客造访,这对一位作家而言毕竟有所妨碍,于是,契诃夫便在1894年为自己建起一座专供写作的小屋。这间小巧玲珑的木屋藏身花园深处,只有一间书房和一间小卧室,小屋被漆成浅色,楼梯和门漆成深红。正是在这间像是舞台道具的小屋里,契诃夫写出了《海鸥》。小屋入口处的外墙上如今挂着一块白色大理石板,其上镌刻着几个字:"我写成《海鸥》的屋子。契诃夫。"在这座所谓的"《海鸥》小屋"里,契诃夫后又写成《万尼亚舅舅》等其他剧作。契诃夫于1899年离开梅里霍沃,将庄园出让给一位名叫斯图亚特的俄国贵族,这位贵族在十月革命后被枪毙,庄园充公,先后用作孤儿院、集体农庄的仓库和牲口棚,庄园里的建筑几乎全部被毁,仅有这幢小屋原封不动地保留下来(庄园里如今的建筑均是在1940年设立博物馆时根据契诃夫妹妹和侄子保存的设计图和照片依原样复建的,展品也大多是契诃夫家人捐出的实物),这或许是因为它位置较偏,不引人注目;或许因为它体积太小,不便挪作他用。在梅里霍沃庄园,也只有这间小屋不对访客开放,我们只能透过门缝,窥视一下这俄国现代戏剧的摇篮。

梅里霍沃的秋天就像列维坦(列维坦作为契诃夫的好友,作为契诃夫妹妹的绘画老师,是梅里霍沃的常客)的画,色彩斑斓,宁静之中却又蕴含着躁动。我们在一场突如其来的暴雨后走进庄园,只见绿色的草地上散落着黄色的、红色的或红黄绿交织的树叶,留在枝头的叶片则依然鲜绿。成熟的苹果或挂在枝头,或落在地上,不知是博物馆的工作人员还是游客,好心地把落在地上的红苹果拾起来放在路边的长椅上，供他人食用。

在梅里霍沃，"像从前一样没有成家的"契诃夫还收获了他的两份爱情。契诃夫一家住进梅里霍沃后不久，契诃夫的妹妹玛丽娅常领她在莫斯科中学的女同事丽季娅·米奇诺娃来家里做客，玛丽娅后在回忆录中写道："夏季，丽卡（米奇诺娃名字的昵称）来我们梅里霍沃长住。她和我们一起举办了许多出色的音乐晚会。丽卡唱歌唱得不错……在丽卡和安东·帕夫洛维奇（即契诃夫）之间产生了相当复杂的关系。他俩走得很近，似乎彼此依恋。"关于两人的罗曼史，有人写过专著，童道明先生在《爱恋·契诃夫》一剧中做过细腻的揣摩和诗意的再现，契诃夫与米奇诺娃1897年摄于梅里霍沃的那张照片，也曾被用作该剧在中国国家话剧院上演时的海报。根据这张照片上两人的衣着和身边的植物来判断，时间像是夏末初秋。这段历时三年的恋情，以丽卡与人私奔至巴黎而告结束，但它却在契诃夫的创作中留下了深刻的痕迹，人们在《海鸥》中的尼娜等契诃夫笔下的许多人物身上都能发现丽卡的身影。1898年9月，在莫斯科艺术剧院排演《海鸥》的现场，契诃夫与该剧院女演员克尼碧尔一见钟情。次年5月初，他带克尼碧尔回到梅里霍沃，在这里度过刻骨铭心的三天，大约正是在梅里霍沃，他们做出了结婚的决定。契诃夫与米奇诺娃，契诃夫与克尼碧尔，两段相隔七年的恋情均始于秋季，两段结局不同的爱情构成了契诃夫梅里霍沃时期情感生活的开端和终结。

走在梅里霍沃长长的椴树林荫道上，秋风拂面，我仿佛觉得身着风衣、头戴礼帽的契诃夫转眼之间就会出现在道路的尽头。他与这座庄园秋天的氛围太协调了,不知是这座庄园给了他的个性以很多添加,还是他用他的风格塑造了这座庄园。契诃夫在梅里霍沃住了七年。契诃夫有过七个梅里霍沃的秋天。人们总喜欢用秋天来形容契诃夫的创作个性,的确,契诃夫的生活和创作与梅里霍沃的秋天构成了某种高度的契合和呼应。梅里霍沃的秋天是优美的,却也散发着莫名的无奈;梅里霍沃的秋天是忧伤的,却又洋溢着收获的喜悦;梅里霍沃的秋天是明媚的,却也充满着神秘和疏离。

在我们即将走出梅里霍沃庄园时,突然听到契诃夫纪念碑后面的草坪上传来一阵喧闹,原来这里正在举办一年一度的"全俄契诃夫矮脚猎犬节"。讲解员颇为自豪地告诉我们,梅里霍沃每年要举办两大具有世界影响的盛事:一是"梅里霍沃之春国际戏剧节",每年都有世界各地的剧院来此演出契诃夫的剧作,花园里、大树下和池塘边都会成为演员们的舞台;另一盛事即"猎犬节",全俄的矮脚猎犬爱好者会带上他们的爱犬来此参加竞赛。我们来到赛场,但见几十只与契诃夫的爱犬希娜和勃罗姆十分相像的矮脚猎狗在场上轮流亮相,一位来自德国的主裁根据狗儿们的相貌和步态打出分数,并颁发等级不一的证书。梅里霍沃无疑是全俄乃至全世界举办戏剧节的最理想舞台之一,可此类爱犬狂欢节却未必能讨得契诃夫欢心,我发现,纪念碑上的契诃夫始终梗着青铜的脖子,不愿回首一望身后的游戏。

在"白色别墅"的日子里

1898 年，契诃夫写了一个题为《新别墅》的短篇，小说写工程师库切罗夫在一个村子边造了一座漂亮的桥，请妻子来看，妻子来后喜欢上村子，"就开口要求她的丈夫买上一小块土地，在这儿修建一座别墅"，"她的丈夫依了她。他们就买下二十俄亩的土地，在陡岸上原先奥勃鲁恰诺沃村民放牛的林边空地上盖起一座漂亮的两层楼房，有凉台，有阳台，有塔楼，房顶上竖着旗杆，每到星期日，旗杆上就飘扬着一面旗子。这座房子用三个月左右的时间盖成，后来他们整个冬天栽种大树，等到春天来临，四下里一片苍翠，新庄园上已经有了树林，花匠和两个系着白色围裙的工人在正房附近挖掘土地，一个小喷水池在喷水，一个镜面的圆球光芒四射，望过去刺得眼睛痛。这个庄园已经起了名字，叫作'新别墅'"。这里关于"新别墅"的描写，几乎就是契诃夫自己为当时计划在雅尔塔兴建的别墅所作的"设计"。

这一年，契诃夫的肺结核病越来越重，医生建议他迁居气候温暖、空气清新的俄国南方。此时，契诃夫的父亲去世，梅里霍沃庄园显得空旷起来，契诃夫于是决定离开梅里霍沃。他与出版商阿多尔夫·马尔克斯签订合同，将全集的版权以七万五千卢布的价格售出，用这笔"预支"的稿费收入在雅尔塔郊外阿乌特卡村购置一块面积为三十七公亩的土地，开始建造房屋。

建筑过程持续十个月，1899 年 9 月，契诃夫便和母亲、妹妹一起住进了新家。这是一座三层楼房，共有九个房间，被称为"白色别墅"。当年曾做客契诃夫家的俄国作家库普林对这幢别墅有过这样的描述："整幢别墅都漆成白色，很整洁，很轻盈，有一种非对称的美，用一种很难确定的建筑风格建成，有一座高塔似的阁楼，有几处意外的突出部位，下层有个带玻璃窗的阳台，上层有个敞开式露台，敞向四方的窗户有宽有窄，这座别墅有点近似现代派，但是其设计中无疑有着某人很有用心、别出心裁的创意，有着某人独特的趣味。"契诃夫请来设计此房的设计师沙波瓦洛夫当时还是一位中学教师，他在设计过程中自然会听取契诃夫本人的意见，这座别墅设计中"很有用心、别出心裁的创意"和"独特的趣味"无疑来自契诃夫本人。库普林在同一篇回忆录中还写到，有人对契诃夫说，这幢楼房建在陡坡上，屋旁的公路常有灰尘飘进房间，花园坐落在斜坡上，也很难保持水土，契诃夫听了却不以为然："在我之前，这里是荒地和不成体统的沟壑，遍地石头和野草。我来了，把这片野地变成了漂亮的文明之地……您知道吗，再过三四百年，这块土地就将变成一座鲜花盛开的花园。那时，生活就会变得特别轻松舒适了。"他还开玩笑地说："如果我现在放弃文学，做一位园丁，这倒不错，能让我多活十来年。"契诃夫在这片斜坡上栽种了一百多种树，其中有柏树、杨树、雪松、柳树、木兰、丁香、棕榈、桑树和山楂树等，如今，这里草木兴旺，早已成为一座真正的大花园。

从 1899 年 9 月到 1904 年 5 月，契诃夫在雅尔塔的白色别墅居住了四年多,这是契诃夫一生中的最后四年,也是他创作上的总结期。他在这里写下十个短篇,即《宝贝儿》《新别墅》《公差》《带小狗的女人》《在圣诞节节期》《在峡谷里》《主教》《补偿的障碍》《一封信》和《新娘》,还有两部剧作,即《三姐妹》和《樱桃园》,这都是他最为成熟的作品,他还在这里编成了自己的第一部作品全集。

居住在雅尔塔时的契诃夫已是俄国文坛的中心人物之一,白色别墅因此也成为当时俄国文化生活的中心之一,这里宾客盈门,高朋满座。在雅尔塔,契诃夫分别留下了与托尔斯泰和高尔基的合影,托尔斯泰是文坛的泰斗,高尔基是文坛的新秀,而契诃夫就像是俄国文学中承上启下的关键人物,他们共同组成了俄国文学的"三驾马车"。当时的其他重要作家,如安德烈耶夫、柯罗连科等,以及当时刚刚崭露头角的布宁、库普林等都曾造访这里。契诃夫的艺术家朋友们也纷纷来此探望契诃夫,列维坦描绘过这里的风景,夏里亚宾曾在这里歌唱,拉赫玛尼诺夫弹奏过契诃夫家客厅里的钢琴。最让契诃夫开心的,是1900年4月莫斯科艺术剧院全体人员的造访,当时,斯坦尼斯拉夫斯基和丹琴科率团巡回演出,在雅尔塔演出契诃夫的《海鸥》,演出前后,演员们在白色别墅聚会,大家谈笑风生,此时的契诃夫正处在与艺术剧院女主角克尼碧尔的热恋之中。

白色别墅在契诃夫离开之后一直以原样保持至今,这要归功于契诃夫的妹妹玛丽娅·契诃娃,她是这座别墅真正的守护神。玛丽娅比哥哥小三岁,自三哥正式开始文学创作后,她便全副身心地帮助哥哥，照料哥哥的生活，负责处理哥哥的版权事宜，她也是梅里霍沃和白色别墅真正的女主人，她甚至因此而终身未嫁。哥哥死后，她更为保护和传播契诃夫的文学遗产而殚精竭虑，操劳一生。哥哥去世后不久，她就让契诃夫的崇拜者走进白色别墅参观作家的卧室和书房，尽管她和母亲一直住在白色别墅的二楼和三楼。十月革命后，白色别墅被收归国有，但玛丽娅被任命为终身看护人，她得以继续居住于此，直到她在 1957 年以九十四岁高龄去世。在她的守护下，契诃夫的这座故居始终如故。据统计，目前世界各国有十几家契诃夫博物馆，其中俄罗斯有六家，乌克兰有两家，德国和斯里兰卡各一家，而藏品最为丰富的契诃夫博物馆就是雅尔塔的这家契诃夫故居博物馆，该馆有藏品一万三千件，其中包括契诃夫的手稿、各种版本的出版物、契诃夫的生前用品、书信和图片等。

像每一座契诃夫留下深刻痕迹的城市一样，雅尔塔也深切地怀念着契诃夫，这里除"白色别墅"契诃夫故居博物馆外，同样也有契诃夫纪念碑和契诃夫大街。在前面提及的小说《新别墅》中，新别墅的主人由于与村民们合不来，最终只得卖掉别墅，离开此地，契诃夫以这个故事来表现俄国地主和农民之间的隔阂，更广义地说，是富人和穷人之间、本地人和外来人之间的隔膜，甚至人与人之间无处不在的难以沟通。但在雅尔塔的现实生活中，契诃夫却深深地融入了当地社会。契诃夫最值得一提的善举，就是他提议创建了此地的结核病疗养院。在契诃夫定居雅尔塔前后，成千上万身患肺结核病的病人也来到这里,希望这里的阳光和空气能帮助他们战胜疾病,这些病人中不乏身无分文的大学生和其他穷人,他们中的有些人曾向契诃夫求助。了解到这一情况,契诃夫倡议在雅尔塔兴建一所慈善性质的疗养院,他在报上刊出呼吁书,题目是《请帮助奄奄一息的人们!》,契诃夫的募捐引起热烈反响,在短时间内便募集到四万卢布,契诃夫自己又拿出五千卢布,用这笔钱在雅尔塔郊外购置一处房产,建成疗养院。这座专门收治肺结核病患者的疗养院至今仍在发挥功用,在百余年间挽救了成千上万的病人。雅尔塔未能挽救契诃夫的生命,但由他倡议并捐资建成的"契诃夫结核病疗养院"却使众多肺结核病人恢复了健康。

雅尔塔离契诃夫的出生地塔甘罗格不远,两座城市分别位于亚速海的北端和克里米亚半岛的南端,中间隔着并不辽阔的亚速海,直线距离只有四五百公里。

像婴儿一样睡去了,在巴登韦勒

2015 年夏天,我随中国社会科学院代表团访问德国弗赖堡大学,访问结束后,我们乘坐大巴从弗赖堡驶向斯图加特机场。路途很远,但沿途的风光很美;德国的高速公路不限速,可我们大巴车的时速也只有一百多公里。我静心地欣赏着道路两旁的风景,突然,我远远地看到前方的指路牌上有一个似曾相识的地名 Badenweiler——巴登韦勒,契诃夫去世的地方!小镇巴登韦勒在我的右手边,这被森林掩映着的小镇在我眼前一闪而过，而我的脑海里则浮现出了一百一十年前契诃夫在这里离世的一幕。

1904 年 6 月，契诃夫的肺结核病病情恶化，医生建议他出国疗养，契诃夫与医生和家人商量后选中了德国西南部的小镇巴登韦勒。1904 年 6 月 3 日，契诃夫和妻子离开莫斯科，他对前来送行的人说："我是去死的。"契诃夫夫妇在巴登韦勒的一家疗养院里住下，但契诃夫的病情并未见好转。7 月 1 日夜，契诃夫醒了过来，据一直陪伴在侧的契诃夫妻子后来回忆，"他平生第一次让人去叫医生过来"，并主动提出想喝点香槟酒，他从床上坐起身，大声地用德语对赶到床边的医生说了一句："Ich sterbe."，然后又用俄语向妻子重复了这句话的意思："我要死了。"之后，他端起酒杯，面对妻子微笑了一下，说道："我很久没喝香槟了……"然后平静地喝干香槟，轻轻地躺下，向左侧卧着，很快就永久地睡去了，用他妻子的话说，"像婴儿一样睡去了"，此时已是 7 月 2 日的凌晨。契诃夫说过："人的一切都应该是美的，无论面孔，还是衣裳、心灵或思想。"他的一切也的确都是美的，甚至包括他的死亡。

巴登韦勒是一处驰名欧洲的温泉疗养胜地，在契诃夫之前和之后，来过此地的欧洲名人不计其数，但是，这座小镇仍以契诃夫在此留下的遗迹为荣：在小镇的一处山坡上立有一座契诃夫纪念碑；契诃夫住过的疗养院房间被辟为博物馆，阳台旁的墙壁上悬挂着契诃夫的青铜浮雕，阳台下方有一座海鸥造型的雕像；这座小城还与契诃夫的故乡塔甘罗格建立了姐妹城市关系。

莫斯科的三处"契诃夫场所"

契诃夫留下痕迹最多的城市，可能还是莫斯科，在莫斯科给我留下最深刻印象的"契诃夫场所"有三处。

首先是莫斯科艺术剧院。莫斯科艺术剧院由著名导演斯坦尼斯拉夫斯基和丹琴科联袂创建，但它艺术上的诞生却归功于契诃夫，归功于契诃夫的剧本《海鸥》。《海鸥》写于艺术剧院创建前的 1895 年，写成后曾在圣彼得堡上演，但未获成功，可这并未妨碍丹琴科要用此剧来扬名艺术剧院的决心，他苦口婆心地说服契诃夫拿出剧本，他在给契诃夫的信中称《海鸥》是"让作为导演的我难以释怀的唯一一部当代剧作"。终于，《海鸥》于 1898 年 12 月在莫斯科艺术剧院上演，并获空前成功，由此也开始了契诃夫与艺术剧院的密切合作。在接下来的几年内，契诃夫又相继为剧院写作了《万尼亚舅舅》《三姐妹》和《樱桃园》等名剧。从《海鸥》开始，人们对"舞台真实"产生了新的理解，人的内在世界成为戏剧主要的再现对象，所谓"情绪的潜流"彻底改变了戏剧的面貌。在今天的莫斯科艺术剧院老剧场入口处的门楣上有一个巨大的海鸥雕像，一个飞翔在海浪之上的海鸥图案也成了艺术剧院的院徽，人们在用这样的方式昭示契诃夫及其《海鸥》的不朽。一部戏造就了一座剧院，一个戏剧流派，甚至一种戏剧美学，这就是契诃夫对于莫斯科艺术剧院、对于俄国戏剧乃至整个世界戏剧做出的奉献。1989 年首度访学莫斯科,我就在一个冬夜前往艺术剧院看契诃夫的戏,记得是《三姐妹》,在戏的末尾,当三姐妹中的大姐搂着两个妹妹的肩膀在台上念出那段著名的独白:"音乐演奏得多么欢乐,多么振奋,真想生活!哦,我的上帝!总有一天,我们会永远地离去,人们会忘记我们,忘记我们的脸庞、声音和我们的年纪,但是,我们的痛苦却会转化为后代人的欢乐,幸福和安宁将降临大地,如今生活着的人们将获得祝福。哦,亲爱的妹妹,我们的生活还没有结束。我们将生活下去!音乐演奏得多么欢乐,多么欢快,似乎要不了多久,我们就会知道,我们因为什么而生活,因为什么而痛苦……如果能知道的话,如果能知道的话!"全场安静极了,没有一丝声响,少顷,有黄色的树叶自舞台上方落下,一片,两片,越来越多,在雷鸣般的掌声中缓缓地飘落。

　　其次,就是莫斯科艺术剧院所在的侍从官胡同与特维尔大街相交处的契诃夫雕像。2004 年,在契诃夫去世一百周年纪念日,一座契诃夫新雕像在莫斯科艺术剧院所在的小巷与莫斯科最主要的大街特维尔街相交处的街心花园落成。我在一次出差莫斯科期间特意来到这座纪念雕像前,这座雕像令人震撼,因为它最好不过地体现了契诃夫的性格和举止,似乎构成了契诃夫之谦逊和善良的永恒化身:身材修长的契诃夫背倚着一个半人高的台子,身体有几分紧张,似乎正要起身来帮助眼前的某位路人,他清瘦的脸庞上呈现出倦态甚至病容,但俯视的双目中却分明含有悲悯和体谅。关于契诃夫的善良,人们留下过许多描述和佐证。契诃夫的妻子克尼碧尔后来在回忆录中这样描述契诃夫给她留下的第一印象："我永远不会忘记我第一次站在契诃夫面前的那一刹那。我们都深深地感觉到了他人性的魅力，他的纯朴，他的不善于'教诲'和'指导'……"打动克尼碧尔的是契诃夫的"纯朴"和"不善教诲"。契诃夫被托尔斯泰称为"小说中的普希金"，在世时就被公认为世界上最杰出的短篇小说家之一，但他从不以大师自居，而与其同时代的所有作家几乎都保持着良好的关系；有着强烈平等意识的契诃夫，一贯反对"天才"和"庸人""诗人"和"群氓"等的对立，他在1888年给友人的信中写道："把人划分为成功者和失败者，就是在用狭隘的、先入为主的眼光看待人的本质。"在预感到自己将不久于人世后，契诃夫给妹妹立下遗嘱，把财产分别留给母亲、妹妹和妻子，他特意强调，"在母亲和你去世之后，全部财产捐给塔甘罗格市政府用作家乡教育基金"。他在遗嘱的最后写道："帮助穷人，爱护母亲，保持全家的和睦。"契诃夫曾说，他的作品中"既没有恶棍，也没有天使……我不谴责任何人，也不为任何人辩护"。站在这尊契诃夫雕像前，我们似乎更能感觉到他的善良以及这种善良中所蕴含着的伟大和崇高，在当下世界，契诃夫的平和与"中立"，契诃夫的冷静和宽容，较之于那些"灵魂工程师"和"生活教科书"，会让我们感到更为亲近和亲切。契诃夫的善良和宽容，契诃夫的平等意识和"挤出奴性"的呼求，无疑是契诃夫创作之现代意义的重要内涵之一。去年（2017年）出差莫斯科时再去瞻仰契诃夫的这座雕像，我却突然发现在这座雕像前的胡同口又立起一座体量很大的纪念碑，纪念碑上的两个人身高体壮，气宇轩昂，宛如红场上的米宁和波扎尔斯基纪念碑，似乎是有意要与他们身后的契诃夫雕像构成反差极大的对比。走近一看，方知是斯坦尼斯拉夫斯基和丹琴科的纪念碑。与他俩的纪念碑相比，偏居两座建筑物拐角处的契诃夫雕像显得更小、更不显眼了，甚至有些寒酸，不过我想，契诃夫一定不会反对他的纪念碑所处的位置和所具的体量。

最后，自然就是位于莫斯科新处女公墓的契诃夫墓。一次，我领一位深爱契诃夫的中国作家去新处女公墓拜谒契诃夫墓，在墓地门口向看门人索要一张墓园地图，他问清我们来意，便指了指契诃夫墓地所在的位置，还添了一句："来看他的中国人很多。"来到契诃夫墓前，见墓地的设计似乎具有某种童话色彩，四五米见方的墓园用高高的铁栅栏围着，铁栅栏上的花纹像是一朵朵玫瑰，白色的墓碑很厚，顶部呈楔形，有一个铁皮顶，就像一间微型的木头小屋，顶端还有三个枪矛一样的金属装饰。契诃夫与他的父亲长眠在一起，而他最爱的母亲和妹妹则长眠在雅尔塔的市民墓地。静静地站在契诃夫的墓前，树上和地面的落叶在微风中窃窃私语，似在向我们复述托尔斯泰在契诃夫去世时说过的话："契诃夫的去世是我们的巨大损失，我们不仅失去了一个无与伦比的艺术家，而且还失去了一个杰出的、真诚的、正直的人……他是一个富有魅力的人，一个谦虚的人，一个可爱的人。"

Ⅱ　二十世纪上半期

政治讽喻之外
——读扎米亚金的《我们》

技术的专制

翻开漓江出版社新出的扎米亚金的《我们》（殷杲译，2013），见《译序》第一段便是："说到《我们》，仿佛成了惯例，必定要先抛出这句话给它定位正名：20 世纪三大反乌托邦作品，正是尤金·扎米亚金的《我们》、奥尔德斯·赫胥黎的《美丽新世界》和乔治·奥威尔的《1984》。"从《译序》的后文看，译者也是按照"惯例"对《我们》进行阐释的。扎米亚金的《我们》是一部抨击政治集权的反乌托邦小说，这无疑已成定论。

上班途中，坐在北京地铁四号线上阅读《我们》，我读到："每天早晨，同一时刻，成百万个我们像六轮机一样精确地同时醒来。同一时刻，成百万个我们像一个人一样开始工作；然后，成百万个我们像一个人一样，又在同一时刻结束工作。同一秒钟，由时间表指导着，一百万只手被联并进一个单一的身体，我们同时将汤匙举到嘴边；同一秒钟，我们共同出门散步；同一时刻，我们齐步走进礼堂；同一时刻，我们一道进入进行泰罗式体操的大厅，然后在同一时刻，我们齐齐上床睡觉。"(《笔记之二》)放下书来环顾四周，只见车厢里挤满"我们"，我便觉得其中一定有与我"同时醒来"的人，又见"我们"几乎全都在看手机，几乎一模一样的 iPhone，一模一样的手机新闻，或一模一样的手机游戏……就某种意义而言，《我们》中那段关于政治专制社会的想象讽拟场景在我们这个技术专制时代似乎已经成为现实！于是我突然意识到，《我们》这部写于近百年前的小说或许还可以有其他的读法。

《我们》无疑是一部反乌托邦小说，但问题在于，乌托邦不仅是政治的和社会的，而且也可能是经济的或技术的，甚至是物质的或情感的。比如，现代化乌托邦的命题就像小说中写的那根吊在拉磨驴子眼前的胡萝卜，诱惑着人类不停地奋力前行，却不知所谓"进步"有可能就是一次次的重复和循环。阅读《我们》，"大恩主"(小说中译为"无所不能者")的专制若隐若现，而机器的暴力却无处不在。作为技术专制之基础和手段的机器，其实也和任何一种图腾一样是我们自己想象、设计并制造出来，然后再被我们心甘情愿(或并不十分心甘情愿)地膜拜着，臣服着。在小说中的联众国，建筑物是"永久玻璃"，一切运动和活动都呈现为"机械芭蕾"，灵感是"一种已经灭绝的癫痫症"，"一千年前的人类"(小说情节发生在距扎米亚金写作年代的一千年之后)被视为"野人"，一堵"绿墙"将两个世界分割开来："直到绿墙全部竣工，人类才正式摆脱原始人的身份；这堵墙使我们机器般完美的世界和非理性、丑陋的树木、鸟类和野兽的世界分离……"(《笔记之十七》)在这个技术伊甸园里，人们"用数学作曲"，使用"音乐生产机"和"人造和声"；将人们隔离开来的是"电流篱笆"和"高压电墙"，惩处异端的手段是"电流鞭"和"气钟罩"；对于每一个人而言，心脏不过是一个"泵"，手也只是一个"仪器"。于是，"我观察着典型的泰罗体制中的工人们如何弯下腰、直起身、灵活地转身，像一个巨大发动机里的杠杆一样有规律地操作。……一切都仿佛融为一体：像人一样的机器和像机器一样的人"。(《笔记之十五》)这里提到的"泰罗体制"，其创始人是所谓"科学管理之父"泰罗（又译泰勒），他被小说主人公称为"古代天才中最睿智的一位"，就是因为他善于将人当成机器来严格地管理。而那些最终被摘除了想象力的人，再被称为"人"便不恰当了，"这些不如说是装着大轮子的钢铁机器人，靠某种看不到的机制驱动。他们不是人，只是一种有点像人的机器"。(《笔记之三十二》)作为技术专制之象征的"积分号"（小说主人公 D‐503 是其主要的设计和制造者之一），其使命就是给其他星球上尚处于原始愚昧状态的生命套上"逻辑的枷锁"，送去"数学般精确无瑕的幸福"，"若是他们尚且无力领悟这一点，那么我们的任务便是强迫他们接受这种幸福"。(《笔记之一》)值得注意的是，联众国里秘密兴起的那场"革命"，其口号竟然是："打倒机器，打倒手术！"

自扎米亚金写作《我们》的 20 世纪 20 年代以来，人类的科技发展日新月异,航天、生物、机器人等领域的成就或许早已超越扎米亚金的想象,但是,人类在技术时代所面临的窘境,即趋同性,或曰个性的丧失,却没有逃过先知扎米亚金的预见和预言。时至今日,无论个人还是集体,已经无人能离开电脑和网络,更可怕的是,我们居然已不再对这样的专制和集权抱有任何警惕和反感了。扎米亚金在《我们》中所描绘的技术专制下人的异化,正在我们身边迅速地变为现实。

情感的专制

在《我们》中,我们似乎还能读到另一种无处不在的专制,即情感的专制,更确切地说就是爱的专制。在小说中与男主人公 D-503 产生纠葛的有三位女人,即被分配来的性伴侣 O-90、出于"革命"目的而来诱惑他的 I-330,以及对男主人公一直怀有好感的丑女 U。O-90 因为爱 D-503 而产生"非法的母性",甘冒被处死的危险怀上 D-503 的孩子;D-503 因为爱上 I-330 而灵魂苏醒,愿意为后者付出一切;U 一直钟情 D-503,却没有获得任何回报。穿插在这三段爱情关系中的还有与主人公"共享"O-90 的诗人 R-13,同样被 I-330 所诱惑的警卫人员 S 和医生等人。爱与被爱的关系在小说中纵横交错,织成一张蛛网。爱与被爱,其实也就是占有和被占有,控制和被控制,统治和被统治。面对 I-330,主人公感觉到了"屈服"以及这"屈服"带来的愉悦:"一块铁片被吸附到磁铁上时,估计也会因为像这样屈服于准确、不可避免的法则而感到愉快。同样，一块石头被高高抛起，在空中迟疑片刻，然后掉头落回大地时，必定也同样充满幸福之情。一个人最后痉挛一次，深深吸进一口气然后死去时，想必也能感到这种快乐。"(《笔记之十三》)小说中的Ⅰ-330被塑造成一位仅次于"大恩主"的独裁者，她随意摆弄着她身边那几个木偶似的男性，目的是吸引他们参与她发动的"革命"。D-503曾认为"革命"不会再有，因为"最后一场革命"早已过去，Ⅰ-330对此嗤之以鼻：既然没有"最后的、最大的那个数字"，"那又为什么会有最后一场革命呢？"(《笔记之三十》)我们完全有理由相信，她的"革命"如果成功，也将导致另一种新的专制。专制同样是绵延不绝的，没有最后一个或最后一种。当然，两种专制相互碰撞时，也会出现"征服和被征服"的问题，"自然地，征服了饥饿（从代数学角度说，也就是求得了身体福利的总和之后），联众国将进攻方向指向世界上第二个统治因素，也就是爱"。(《笔记之五》)

"我们"的专制

扎米亚金的这部小说以《我们》为题，在十月革命后的苏俄社会，"我们"就是联合起来的无产者，就是集体主义和共产主义的象征，扎米亚金选择"我们"做书名，这无疑具有某种戏仿性质。不过在小说中，"我们"的概念却是飘忽的、游离的、随时转换身份的，它至少有过三种指涉，即联众国的所有国民、主人公和两位情人，以及"革命"群众。其至连主人公都在小说中不止一次地发问："'我们'是谁？我是谁？"(《笔记之三十六》)"我已经有很长时间搞不清楚他们是谁，我们又是谁。"(《笔记之二十八》)他与I-330两人构成的"我们"，恰恰是与由联众国所有居民构成的"我们"相对的。而与"我们"相对的"我"则成为一个可疑的存在，如小说中所言，"我的"也成了一个"好笑的词"。值得注意的是，I-330这个"号码"(在联众国里"号码"等于"人")中的"I"，据说就既指罗马数字中的"Ⅰ"，也是英文字母中的"I"，无论前者还是后者，它都在暗示"唯一的自我"。在小说结尾处，被成功摘除想象力的主人公已重新成为联众国合格、忠诚的一员，面对I-330的遇害他不仅无动于衷，还豪迈地说道："我希望我们获胜。不止如此，我坚信我们终将获胜。因为理性必胜。"(《笔记之四十》)于是，在联众国的庄严礼拜上，"我们欢庆的正是整体针对单一，全体针对个人的胜利！"(《笔记之九》)我们由此又读出了集体对于个体、"我们"对于"我"的专制，而这种专制往往并不是与某一特定的社会制度紧密相连的，对个性、自由和异端的压制和迫害，始终存在于人类历史的随时随地。专制其实是无处不在的，关键或许仍在于"我"自己面对专制的态度，以及"我"保持个性的决心和方式。

政治讽喻之外

《我们》呈示、讽拟了不同层次的乌托邦，可它至今为止却主要被视为一部纯政治的反乌托邦小说,甚至仅仅是对斯大林体制的影射。对《我们》的这种简单化阐释,其原因就在于世界范围内长期存在的关于这部小说的意识形态化解读。《我们》写于1920年,当时虽未公开发表,却如扎米亚金所言,在数十年里都"始终是苏维埃批评的主要靶子",将其作为"对共产主义和苏联社会体制的恶毒诋毁"。西方顺势拿过这一立场,竭力突出扎米亚金及其《我们》的反乌托邦(实为反共)色彩,在《我们》的英文版于1924年在纽约出版之后,尤其是在东西方冷战全面展开之后,西方对于《我们》之讽喻功能及其"现实意义"的鼓吹就愈加甚嚣尘上。扎米亚金并非一位意识形态斗士,这一点我们从他的传记史实中可略见一斑。他年轻时曾加入布尔什维克(这个俄语单词意为"大多数"),十月革命后又积极投身新兴苏维埃国家的文学文化建设事业,与高尔基交往甚密;1929年6月因《我们》在境外发表扎米亚金在国内受到大规模抨击,他愤而退出苏联作家协会,在高尔基授意下直接致信斯大林请求出国,结果奇迹般地获得批准,但在侨居巴黎期间他却拒绝一切反苏活动,这位在国内绰号"英国人"的西方化作家,到了西欧之后却坚决不接受"俄国侨民作家"之称谓,反而于1934年重新加入苏联作家协会,并以苏联作家代表团成员的资格出席了世界捍卫文化反法西斯大会。扎米亚金的所作所为表明他是试图"超越街垒"的,至少在小说创作中,他不是一位愿意绘制政治漫画、撰写政论宣言的作家。因此,仅在意识形态层面对《我们》评头论足,或许会妨碍我们进一步理解这部小说杰作的丰富内涵和复杂蕴意。扎米亚金在《我们》中试图诉诸的或许并不仅仅是十月革命后的苏联现实，而更可能是人类当下和未来的共同处境。人们不能靠乌托邦生活，人们的生活也不能完全没有乌托邦。人们常说，《我们》写的是"变成了现实的未来"，我们也可以说它指向的是"始终作为现实存在的过去"。

扎米亚金在《我们》中曾这样调侃他的读者："唉！要是这只是一部小说，而不是我这充满 X 和 - 1 的平方根、充满一次又一次堕落的实际生活，那该多好！不过，没准这样你们才高兴咧。没准你们，我不知名的读者们，和我们相比还只是孩子。我们是由联众国哺育成长的；所以，我们已经抵达人类所能到达的高峰。而你们，作为孩子，也许会高高兴兴咽下我即将提供给你们的所有这些苦药，只要它们是包裹在冒险的糖丸中呢。"(《笔记之十八》)《我们》是一个包裹糖衣的苦药，更是一个包装复杂的谜团。1922 年，扎米亚金曾将他的一部童话集取名为《写给大孩子看的童话》。《我们》就其幻想性、象征性、多义性和元小说性而言，仿佛就是一则关于人类生存状态的"大童话"；而扎米亚金将包括我们在内的他的读者全都视为"大孩子"，他的理由或许就在于，我们往往过于单一的价值认同或美学取向就是一种心智不成熟的表现，这其中也包括我们对《我们》的单一解读和阐释。

谁是大师

——读布尔加科夫的《大师与玛格丽特》

《大师与玛格丽特》是苏联作家布尔加科夫的代表作，写于20世纪20至30年代，这部小说的写作和面世本身也构成一个奇特故事。布尔加科夫于1891年生于基辅一个神学教授家庭，大学读的是医学专业。他20年代初开始文学写作，先后写出《不祥的蛋》《狗心》《白卫军》《逃亡》等影响很大的小说和剧本。但是，由于这些作品中体现出的在面对红、白两个敌对阵营时的某种"中立立场"，由于对现实所持的静观甚至嘲讽态度，作者受到众多非议和批判。据布尔加科夫本人统计，在他从事创作的头十年间，各类报刊登载的有关他创作的评论共有三百〇一篇，其中持批评态度的就有二百九十八篇（也许正因为此，布尔加科夫对批评家似无好感，在《大师与玛格丽特》中，批评家又照例受到了作家的漫画和抨击）。在这样的环境下，布尔加科夫被迫沉默，淡出文坛，直到1940年去世。但谁也没有想到，作家在其创作生涯的后半段，一直在呕心沥血地写作一部奇书，这部奇书就是《大师与玛格丽特》。20世纪60年代中期，随着社会氛围的宽松化，布尔加科夫的作品渐渐引起读者注意，尤其是《大师与玛格丽特》的出版，更是引发了全苏范围内的一场"布尔加科夫热"。我们后来所谈论的20世纪俄语文学中的"回归文学热潮"，其实是可以从布尔加科夫等人算起的。不过，60年代出版的《大师与玛格丽特》是删节本，其全本直到80年代末才得以问世。

不止一位大师

初读《大师与玛格丽特》的人也许会感到焦急和困惑，因为迟迟不见"大师"的踪影，故事讲了近一半，到第十三章才见"主人公的出场"。这位"大师"没有名声，没有身份，甚至连姓名都没有。别人替他买的一张彩票中了十万卢布的大奖。他于是便在莫斯科市中心阿尔巴特街附近购置一处地下室，潜心写作起一部关于古罗马驻耶路撒冷总督本丢·比拉多的小说来。用我们今天的话来说，这是一位业余写作人，或者叫文学青年。没有人承认他，没有人阅读他，只有疯狂爱着他和他的小说的玛格丽特称他为"大师"。他因为写作获得爱情，也因为写作被关进疯人院。写作使他回到两千年前，并与自己小说中的主人公相遇，而爱情则使他步入永恒：在小说的结尾，"大师"与玛格丽特一起，趁着月色，骑着黑色的马，在魔王的带领下，自莫斯科的麻雀山飞向"永恒的栖身之地"。

读着读着，我们感觉到，小说中的大师似乎不止一个。与

"大师"在疯人院中相见、互诉衷肠的诗人伊万，也是一位大师。作为一个知名诗人，他奉莫斯科文协主席之命写作一首歌颂无神论的诗，可他却将耶稣的出生写得过于生动，在与文协主席讨论改稿时，他目睹后者为魔鬼所害，便开始四处追击魔鬼，最后也被送进疯人院。他愤怒过，申辩过，反抗过，但逐渐地，他身上的新、旧"两个伊万"开始对话，他为"我究竟是谁"的问题所苦恼，并"突然对诗歌有了一种难以名状的厌恶，一想起自己的诗就好像觉得不痛快"，最后，诗人发生了"根本性的变化"，他"再也不写诗了"，而成为历史和哲学研究所的教授，在每个月圆之夜，他都会变成"月亮的牺牲品"。

魔王沃兰德无疑也是大师，一个恶与善的大师。为了考验莫斯科人的良心，他带着三名随从来到该城。他们奚落不信神的莫斯科文协主席，让成为特权组织的作家协会化为灰烬；他们在游艺场演出魔术，洒下钱雨，发放免费服装，让市民们普遍的贪婪心态骤然暴露；官方作家、剧院经理、房管所主任、餐厅总管、小卖部主任等在那一特定社会中很是得势的人物都遭到他们的戏弄，而潜心写作的"大师"却得到他们的关照。他们恣意妄为，把莫斯科闹得天翻地覆，沃兰德成了莫斯科的主宰。然而奇怪的是，魔王的为非作歹并未引起我们的不满，反而使我们畅快；我们也隐隐能体味出布尔加科夫在描述他们的所作所为时表露出的欣赏，甚至是欣慰。

真正的大师

当然，真正的大师无疑还是布尔加科夫本人。他既是"大师"、伊万和沃兰德的创造者，又像是他们三人的总和，"大师"的执着、伊万的反省和沃兰德的叛逆，在作者身上都有不同程度的体现。读了《大师与玛格丽特》，我们有可能意识到，大师就是那种与环境格格不入却又能成功地超越环境的人（"大师"和玛格丽特最后就与魔王一行腾空而去了），就是对现实持一种旁观乃至嘲讽态度却又能改变现实、再造一个现实的人。

我们称布尔加科夫为大师，主要是就纯粹的文学意义而言的。如今人们已经清楚地意识到，在谈论20世纪的俄语文学时布尔加科夫和他的《大师与玛格丽特》必然是一个话题。从传统上看，布尔加科夫是果戈理和陀思妥耶夫斯基风格的继承者。一般认为，俄国文学是道德的文学，人道的文学，是托尔斯泰式的文学，这无疑是正确的。但是，俄国文学中的另一强大传统长期以来却一直没有引起我们足够的重视，这就是果戈理和陀思妥耶夫斯基的传统，它以神秘的氛围、阴暗的色彩、荒诞的情节和梦幻的主人公等为特征。在《大师与玛格丽特》中，我们遇到了陀思妥耶夫斯基的地下室和地下室人、多彩的梦和分裂的人格。果戈理游荡的"鼻子"在布尔加科夫这里变成了漂移的"脑袋"，《狄康卡近乡夜话》中那种甜蜜的神秘和恐惧的狂欢始终荡漾在《大师与玛格丽特》里。布尔加科夫是一个继承

者,可他更是一个创新者,读过《大师与玛格丽特》的人,往往会
不无惊奇地发现,在这部写于 20 世纪 20 至 30 年代的小说中,
居然已经包括了后来构成魔幻现实主义之内涵的几乎所有要
素,如似幻似真的情节、亦庄亦谐的叙述、自如转换的时空等。
在写到房管所主任接受魔鬼的贿赂时,小说中有这样的插笔:
"这时出了件怪事,正如后来主任一口咬定的那样:这沓钱自动
钻进了他的公文包。"诸如此类的话语与《百年孤独》的著名开
头如出一辙。如今,已有人将《大师与玛格丽特》称为魔幻现实
主义的开山之作。

俄国的莫泊桑

——读巴别尔的短篇小说

巴别尔是 20 世纪最杰出的短篇小说家之一，被誉为"俄国的莫泊桑"，他的短篇小说风格独特，而别具一格的写景更是其风格的主要构成之一，是巴别尔短篇小说最醒目的识别符号，换句话说，高超复杂的景色描写策略构成了巴别尔小说写作技巧中最核心的部分。在我们看来，他的景色描写主要体现出被描写客体的主体化、景色描写的隐喻性以及景色描写的结构功能这样三个突出特征。

被描写客体的主体化

自有小说起，大约便有了写景；自有写景起，大约便有拟人。作者把鲜活的生命情感投射在动植物或无生命体等被描写的景物上，或假托自然界的各种存在来间接地体现和表达自己的感情和思想，这原本是文学创作心理过程中必然会出现的一种现象。但是，如巴别尔这般热衷拟人手法的俄语短篇小说家似不多见,如巴别尔这般乐意赋予被描写对象以能动的小说角色之身份的写作手法,则更显别致。

巴别尔最热衷的景色描写对象是太阳、大海、树木等自然景物,也有白昼、夜晚等时间概念,甚至还有"公正""必然性"等抽象概念。在巴别尔的小说中,这些被描写对象纷纷活动起来,获得与人一样的行动能力、感知能力,甚至抒情能力,就像普里什文所感觉到的那样,甚至连沼泽也在"按自己的方式思考",甚至连沼泽里的小鸟姬鹬,"大小如麻雀,喙却很长,在它那若有所思的黑眼睛中,也含有所有沼泽欲回忆点什么的永恒、枉然的一致企图"。这样的处理显然已超出传统的拟人修辞范畴,已具有某种风格属性,即巴别尔试图在其短篇小说中将一切描写的客体主体化。

这种独特的拟人化写景手法在巴别尔的创作中出现很早,似乎是他作为短篇小说家与生俱来的一种写作能力。巴别尔虽然早在1913年即发表了短篇处女作《老施莱姆》,但他自己认为的"文学开端"仍是被高尔基看重并在其主编的《年鉴》杂志上刊出的两个短篇。其中《妈妈、里玛和阿拉》中就有这样的句子:"熊熊燃烧的晚霞在天边熄灭,把鲜红的光线泼洒在遥远的天空。轻盈的、缓缓变得浓稠起来的昏暗自另一端垂下身来。"这里的"晚霞"和"昏暗"都是动作主体。在1916年发表的《敖德萨》中,巴别尔如此描写他的故乡敖德萨的美景:"敖德萨的春夜是甜蜜的,令人陶醉的,金合欢树的芳香沁人心脾,月亮将其令人倾倒的银辉均匀地铺在黑沉沉的海上。"如果说此处前半段只是普通的景色描写，那么最后一句则已经开始具有巴别尔特色。月亮将银辉铺在海面上，这尚为传统的拟人，但当作者在其中加入对"银辉"的进一步修饰即"其令人倾倒的"，尤其当作者加入对行为主体月亮之动作"铺"的进一步描述即"均匀地"，被描写客体的主体意义便得到了进一步凸显和强调。巴别尔1918年4月至7月在高尔基主编的《新生活报》上发表的一组特写《彼得堡日记》中的每一篇几乎都有这样的描写，比如："光线均匀地铺满暖洋洋的白墙。"（《早产儿》）"无形的夜幕笼罩着金色的屋顶。寂谧的荒凉之中隐藏着最浅薄也最无情的思想。"（《夜晚》）"灼热的尘埃飘落在刚刚泛绿的叶子上，孤单的淡蓝色的太阳悬在高空。"（《沉默的动物》）

　　在巴别尔"成熟期"的《敖德萨故事》中，他的客体主体化写景得到更为频繁的运用，并有了更为独特的表达方式，即不同身份、不同性质"主体"的并置。《此人是怎样在敖德萨起家的》中有这样两段写景："旭日升至他头顶，煞像一名荷枪实弹的卫士。""别尼亚·克里克讲完这番话后，走下土冈。众人、树木和墓地的叫花子们都鸦雀无声。"前一句话是普通的拟人手法，后一句则是典型的巴别尔笔法，即树木与众人、墓地的叫花子们的地位是平等的，都在倾听别尼亚的话，都在乖乖地鸦雀无声。值得注意的是，《此人是怎样在敖德萨起家的》是一篇故事套故事的短篇小说，即作者是在"转述"犹太老人阿里耶-莱伊勃拉比所讲的有关别尼亚·克里克的故事，第一段写景是作者的话，是他对小说叙事主人公谈话场景的描述，而第二段则是小说中的人物，即老拉比在叙事中插入的写景。让叙事主人公与作者具有同样的景色描写能力，这与作者在写景中将无生命体和有生命体等量齐观，即将树木、众人、墓地的叫花子们并列的手法构成某种呼应，颇有异曲同工之妙。

诸如此类的"并列"在巴别尔的短篇小说中俯拾皆是："就在这个当儿，灾星就像叫花子在天麻麻亮时那样，来到窗下伺机而动。灾星嘭嘭嘭地冲进了账房。虽说这一回他化身为犹太人萨夫卡·布齐斯……"（《此人是怎样在敖德萨起家的》）"柳布卡醒了过来，睁开眼睛，随后又阖上了。她看到了儿子和月亮，月亮破窗而入，投入她的怀抱。月亮活像一头迷途的小牛犊，在乌云中跳动。"（《哥萨克小娘子》）"别尼亚站立着，科利亚站立着。他们握手问好，互致歉意，互相接吻，他们每个人都握着道友的手，握得那么用力，像是要把对方的手扯下来似的。拂晓已开始眨巴它蒙眬的眼睛，莫嘉已去警察段换岗，两辆运货马车已满载着一度曾称作'公正'合作社的财物扬长而去，而国王和科利亚仍在伤心，仍在相互鞠躬致歉，仍在用手搂住对方的脖子，像醉鬼那样温情脉脉地亲嘴。"（《带引号的公正》）在最后一段引文中，出场人物甚多，我们不难看出六个并列的主体，即别尼亚、科利亚、拂晓、莫嘉和"两辆运货马车"，他们/它们活动于同一时空，构成一个生动热烈的场景。《我的第一笔稿费》中也有这样一个"交相混杂"的场景："一个和气的土耳其人从一只用毛巾裹住的茶炊里给我们斟茶，茶红得像砖头的颜色，冒着热气，像是刚刚流出来的鲜血……驴子又长又慢的嘶鸣声同制作锅炉的工匠的捶打声交相混杂……尘土在梯弗里斯——玫瑰和羊油之都,漫天飞扬。尘土埋没了太阳马林果色的篝火。"在这里,与"和气的土耳其人"一同出场的,还有茶、尘土和驴子。

除了自然界的植物、动物和物体等,巴别尔还喜欢在他的小说中让"寂静""无声""安宁""笑声"等这样一些表示自然状态的名词,甚至"礼拜六"等专有名词、"必然性"等抽象名词、"循序渐进"等成语或词组也纷纷动作起来,获得人的行为和神态,甚至情绪和情感,比如:"难以言传的安宁像母亲的手时时抚摸我们神经质的、瓷实的肌肉。"(《在疗养院》)"他们每个人手里都亮着火把,可笑声已爬出了'公正'合作社。"(《带引号的公正》)"但今天我们却像撵走六月的苍蝇一样撵走了循序渐进。"(《卡莫号和邵武勉号》)"这时她,含苞待放的礼拜六,从暗蓝色的混沌中脱颖而出,登上了她的宝座。"(《基大利》)

在 1937 年 9 月于莫斯科举办的一场文学晚会上,一位读者说他不理解巴别尔小说中"善良的双腿"这一修饰,他问巴别尔:"我不明白,'双腿'怎么会是'善良的'或者'恶毒的'呢?"巴别尔回答:"人的双腿可能是善良的,恶毒的,敏锐的,瞎眼的。毫无疑问,人所具有的这些特征,两条腿也全都具有,只是要善于描写这些特征。"这个回答明确地表明,在巴别尔看来,人的腿和人一样是具有善恶的,他是在以这种方式彰显自然万物和文学人物的平等。将被描写对象主体化,巴别尔借此既凸显了他对有生命体存在和无生命体存在均一视同仁的文学民主立

场,同时也营造出一个世间万物一同粉墨登场的狂欢化场景,
既以小说中不同性质角色的并列和对应来赢得某种复调般的
审美效果,同时也试图通过主客体身份的有意错乱和转换,来
实现作者有意追求的一种陌生化的小说阅读效果。在巴别尔
给出的这一段段新颖甚至诡异的景色描写的背后,我们似乎也
能揣测出作者欲使被描写主体客体化的用心,小说作者本人似
乎就躲在这些活动着的景物背后,装扮成一个静观的客体,带
着他谐谑的双目和窃喜的笑脸。

景色描写的隐喻性

　　小说中的景色描写,或状物写意,移情于自然,或借景抒
情,纳山水于内心,大多具有浓郁的诗意,巴别尔的小说亦不例
外。其小说中洋溢着的强烈诗性在很大程度上就源自景色描
写的高度隐喻性,我们甚至可以说,巴别尔的每一段写景均构
成一个隐喻。巴别尔小说中的写景,往往就构成一种系统化的
隐喻。他的小说似乎永远是出奇的情节和诡异的叙事的相互
抱合,是假定性的场景和狂欢化的效果的彼此应和,而在这两
者不断相互作用的过程中,出其不意的隐喻发挥着穿针引线或
画龙点睛的作用。

　　巴别尔的隐喻式写景究其本质而言还是一种修饰,是一种
语言处理方式。巴别尔写作时喜欢在遣词造句上下功夫,热衷
推敲,语不惊人死不休,正像他自己所说的那样:"我可以无数

遍地改写(我在这方面很有耐心)。"他甚至这样言及他笔下的修饰语:"我对形容词所持的态度,也就是我一生的历史。如果我要写一部自传,它的题目或许就叫《一个形容词的历史》。我在年轻时认为,华丽的东西就要用华丽的词语来表达。结果发现并非如此。结果发现,常常需要走相反的路。在我这一生里,'写什么'的问题我几乎永远清清楚楚,如果说我一时无法把这一切写在12页纸上,我始终缩手缩脚,那也是因为我始终在挑选词语,这些词一要有分量,二要简单,三要漂亮。"巴别尔对"形容词"的要求是既要"有分量",又要"简单"和"漂亮",既要用"简单的"词来表达"华丽的东西",也要用"华丽的词语"来表达"简单的"东西,如此一来,他诉诸并热衷诗歌中常见的隐喻修饰便是自然而然的,比如"嘶哑的欢乐""激情的破衣衫""胆怯的星星"等,而此类"矛盾修饰"的扩展,便是他笔下的一段段隐喻写景。《我的第一笔稿费》中写道:"我自小把全部精力都用于酝酿小说、剧本和数以千计的故事。我打好了这些作品的腹稿,令其伏于心中,一如癞蛤蟆之伏于石头。自尊心像魔鬼一般附在我身上,不到时间我不愿把这些作品形诸笔墨。"《莫泊桑》中写道:"黑夜将一瓶麝香葡萄酒和二十九卷文集,二十九个填满了爱情、天才、欲念的爆炸筒放在我的青春身下……"《我排后边儿》中写道:"我们像是九月的苍蝇,无精打采地坐着,确实需要马上透透气。"《我的第一只鹅》中有这样一段写景:"夜晚用它苍茫的被单将我裹在提神醒脑的湿润之中,夜晚把它慈母的手掌按在我发烫的额头上。"而在《加格拉》中我们读到："小城消瘦的两颊上开始泛起胆怯却充满期待的微笑。加格拉等待着新的鸟群和新的歌声来栖息。"这里的每一段写景都是一首可以进一步展开的诗作,每一段写景中都有一个诗歌内核般的中心意象。

我们发现,巴别尔小说中的隐喻性写景往往具有强烈的情绪调节功能和气氛渲染效果,大多数场合中能与小说的情节构成呼应。《莫泊桑》写"我"应邀去一位富裕的律师家,帮助校对女主人翻译的莫泊桑小说,两人在推敲莫泊桑小说译文的过程中心旌荡漾,互生爱意,与这种既暧昧又抒情的场景和心理相吻合的,是这样一段写景插入:"彼得堡的阳光好似没有生气的玻璃一般横在色泽暗淡、不怎么平的地毯上。莫泊桑的二十九卷文集放在桌子上方的搁架上。太阳用它行将消失的手指触摸着山羊皮的书脊。书籍是人的心灵的美好的坟墓。"《我的鸽子窝的历史》写了"我"在一场屠杀犹太人行动中的遭遇,周围的犹太人无辜被杀,他们的店铺被抢,年少的"我"买到的心仪已久的一对鸽子也在归家途中被人夺走并摔死。一个穿插进多个隐喻写景的段落成为这个"悲剧短篇"的高潮:

我倒在地上,给砸成肉泥的鸽子的内脏从我太阳穴上往下淌去。内脏曲曲弯弯地顺着面颊淌着,喷出血水,迷糊住了我的 一只眼睛。鸽子细软的肠子在我额上滑动,于是我合上另一只没被糊住的眼睛,免得看到展现在我面前的世界。这个世界又小又可怕。我眼前是一块小石头,上边坑坑洼洼的,活像下巴奇大的老太婆的脸,不远处有一段细绳,以及一捧还在颤动的羽毛。我的世界又小又可怕。我合上眼睛,免得看到这个世界,我把身子紧贴在土地上,土地在我身下保持着令人安心的缄默。这片夯实的土地同我们的生活,同我们一生中对无数次考试的等待一无相似之处,在这片土地的远处,灾难正骑着高头大马驰骋,然而马蹄声越来越弱,终于静息,这种静息,痛苦的静息,有时反使孩子产生大难临头的惊恐感,突然之间消弭了我的躯体与不能走动的土地之间的界限。土地散发出它潮湿的内部、坟墓和花朵的气息。我闻着这种气息,无所畏惧地哭泣了。

《在地下室里》写身为贫穷犹太家庭孩子的"我"与一位身为富商长子的同学的相处,"我"试图用在文学中学会的想象和现实生活中的苦心设计来赢得与对方平等的身份和地位,小说的氛围因而既可笑又可怜、既谐谑又狂欢,在"我"吹牛至最得意之时,但见:"黑夜伸直身子仁立于杨树间,星星卧于压弯了的树枝上。我挥动着手侃侃而谈。未来的航空工程师的手指在我手中颤动。"短篇小说集《骑兵军》的首篇《泅渡兹勃鲁契河》几乎从头到尾都是写景,而小说的情节,即"我"随骑兵部队借宿一犹太人家,发现竟与一位被波兰士兵杀死的犹太老人的尸体同床共枕,相对于写景却似乎退居次席。"橙黄色的太阳浮游天际,活像一颗被砍下的头颅,云缝中闪耀着柔和的夕晖,落霞好似一面面军旗，在我们头顶猎猎飘拂。在傍晚的凉意中，昨天血战的腥味和死马的尸臭滴滴答答地落下来。黑下来的兹勃鲁契河水声滔滔，正在将它的一道道急流和石滩的浪花之结扎紧。"这里的景色因而也仿佛是血腥的，残忍的。

但是，巴别尔时而也有意让他的隐喻写景与小说的整体氛围构成反差，这有些像他在运用形容词时的态度，即用优美抒情的隐喻来反衬紧张残忍的情节，或者相反，用荒诞不经的写景来冲淡小说中的浪漫温情。在前面提及的《骑兵军》的开篇中，作者在描写触目惊心的屠犹场景的同时，却突然漫不经心地看到了窗外的"美景"："万籁俱寂，只有月亮用它青色的双手抱住它亮晶晶的、无忧无虑的圆滚滚的脑袋在窗外徜徉。"同样，在描述了机枪队的鬈发小伙子"轻手轻脚地杀死了老头儿"的血腥场面后，作者突然给出这样一段写景："落霞的宁静使城堡外的荒草幽幽泛蓝。月亮爬到了水塘上空，绿得好似蜥蜴。隔着窗户，我望见了拉齐波尔斯基伯爵的领地——牧场和啤酒花种植场，暮色好似一条条波纹绸铺在种植场上。"(《小城别列斯捷奇科》)《骑兵军》中的另一个短篇《盐》讲述一位妇女把一小袋私盐藏在怀里，谎称是带着孩子，混进红军士兵乘坐的火车车厢。第二天事情败露，她被红军战士一枪打死。这篇小说假托为"二排全体战士"写给军报总编的一封信，而这封信的代笔者正是杀死那位妇女的凶手，可他的第一人称叙述却心平气和，而且竟然也穿插着浪漫抒情的景色描写："响起第三遍铃声，列车开动了。美不胜收的夜景映满了天幕。天幕上缀满了油灯一般大的星星。战士们思念起库班的夜和库班绿莹莹的星斗。思绪像鸟儿一样飞往天外。而车轮则哐当哐当地响个不停……""随着时间的推移，夜下岗了，红色的鼓手在它们红色的鼓上演奏出朝霞……"十分推崇巴别尔小说的博尔赫斯，就曾注意到《盐》这个短篇的情节和调性之间的对比："其风格的音乐性和某些场景几乎难于言表的残忍构成对比。其中的一篇小说《盐》享有散文很难企及、似乎只能留给诗歌的荣耀，很多人对此心知肚明。"俄罗斯文学史家米尔斯基也曾言及巴别尔的这一能力，即"他会让最粗鄙的字眼与近乎维多利亚诗歌的词汇比肩而立"。

景色描写的结构功能

巴别尔小说中的景色描写也大多被赋予了某种结构功能。巴别尔的短篇小说大多篇幅很短，其汉译平均不到一万字，汉译《敖德萨故事》中最长的短篇《我的鸽子窝的历史》不过十四页，最短的《巴格拉特-奥格雷和他的公牛的眼睛》仅三页；汉译《骑兵军》中的故事篇幅更小，最长的《潘·阿波廖克》为八页，最短的《科奇纳的墓葬地》只有一页。巴别尔或许是俄罗斯文学中写得最为简洁的作家，他曾称自己的小说为"短的短篇"。巴别尔小说的句法同样也很简洁。极小的篇幅和极简的句法，使巴别尔不得不在有限的叙事时空中进行相对灵活的腾挪，谋求相对自如的叙述节奏，而随时随地出现的景色描写于是就成了他得心应手的工具之一。

巴别尔的写景大多篇幅很小,三言两语,仿佛神来之笔;他自己肯定也十分在意这些妙句,因此总把它们置于小说中最重要的位置,或在开头或在结尾,或在情节突转点或在故事高潮处,让它们发挥着重要的结构支撑作用。这是《国王》的开篇:

> 婚礼仪式结束,拉比坐到安乐椅上小憩一会儿后,走到屋外,但见婚宴的餐桌已尽院场的长度一字儿排开。餐桌多得尾部穿过院门,摆到了医院街上。铺有天鹅绒台布的餐桌,活像在院场内扭曲游动的蛇。蛇腹上打着五颜六色的补丁。这些个补丁——橙色或红色的天鹅绒补丁——在用雄厚的嗓音唱着歌。

《伙计》一篇是这样开头的:"铁面无私的夜。令人惊诧的风。一具尸体的指头在翻拣彼得堡冻僵的肠子。紫红的药房冻僵在角落里。药剂师把精心梳理的脑袋歪向一旁。严寒攥住了药房那紫红的心脏。药房的心脏于是衰竭了。"

如果说,以一段精彩的写景作为开篇以吸引读者的眼球,这还是众多作家的常用套路,那么,用简短的写景来突兀地结尾,造成一个既戛然而止又余音绕梁的效果,这则是巴别尔的长项。这是《巴格拉特-奥格雷和他的公牛的眼睛》的结尾:"太阳在我们的头顶浮起。蓦地,宁静降临到我这漂泊者的心中。"这是《潘·阿波廖克》的结尾:"无家可归的月亮在城里徘徊。

我陪着它走,借以温暖我心中难以实现的理想和不合时宜的歌曲。"这是《莫泊桑》的结尾:"我读完这本书后起床。大雾遮天蔽日,直涌至窗前。我的心抽紧了。我已感觉到真相的预兆。"这是《战斗之后》的结尾:

> 村子在浮动、膨胀,红褐色的泥浆从村子各处寂寥的伤口流淌出来。第一颗星星在我头顶上闪烁了一下,旋即坠入乌云。雨水鞭打着白柳,渐渐耗尽了力气。夜色好似鸟群,向天空飞去,于是黑暗把它湿淋淋的花冠戴到了我头上。我已精疲力竭,在坟墓的桂冠的重压下,佝偻着腰向前行去,央求着命运赐予我最简单的本领——杀人的本领。

在这些由写景构成的结尾中,我们不难看到一个共同特点,即写景与"我"之间构成的呼应和承转,这恰恰说明巴别尔小说中的写景,最终目的仍在于烘托、描摹乃至再现主人公的心境。当然,巴别尔也善于创作不乏整体画面感和苍茫史诗感的写景结尾,他的短篇《父亲》的结尾写得就像数十年后马尔克斯长篇小说《百年孤独》的开头:

> 这笔交易是在黑夜行将逝去、拂晓已经初临时谈拢的,就在这一刻,历史的新篇章开始了,这是卡普伦家败落的历史,是他家渐渐走向毁灭、火灾、夜半枪声的历史。而

所有这一切——目中无人的卡普伦的命运和姑娘芭辛卡的命运——都是在那天夜里,当他的父亲和她意想不到的新郎官沿着俄罗斯墓地信步而行时决定下来的。那时一群小伙子正把姑娘们拽过围墙,墓盖上响起此起彼伏的亲嘴的声音。

《意大利的太阳》的结构更为独特,两段写景构成故事的首尾,中间嵌入一段书信。叙事主人公半夜被惊醒,见同宿一室的战友西多罗夫正在给未婚妻写信,趁西多罗夫被唤去师部,“我”起身偷读他的信,他在信中要求未婚妻设法让上级派他去意大利,因为早已厌倦征战和杀戮的他“需要意大利的太阳和香蕉”,而在这封信的前后,作者却加上两大段不厌其烦的写景,书信之前是:“此时,成了一片焦土的城市——断柱像凶悍的老虔婆抠到地里的小手指——我觉得正在向天上升去,显得那么舒适、飘逸,好似在梦境之中。月色如洗,以其无穷无尽的力量,向城市注泻。废墟上长了一层湿漉漉的霉菌,煞像剧院长椅的大理石椅面。我渴盼着罗密欧,那光滑如缎子的罗密欧,歌唱着爱情,从云朵后面出来,但愿此刻在侧幕后面,无精打采的灯光师已把手指按到月亮的开关上了。蓝幽幽的马路,好似从许许多多奶头中喷出来的奶水,在我身旁流淌。”而在西多罗夫从师部回来之后:“就是这样一个夜晚,彻夜传来遥远、椎心的钟声,在一片泛潮的黑暗中,有一方亮光,亮光下是西多罗夫那张死人般的脸,像是悬在昏黄的烛光下的一副没有生命的面具。”

为了节约叙述篇幅，加快叙事节奏，巴别尔常用写景来完成跳跃性的过渡，因此，人格化、隐喻化的时间概念便成了他小说中最常见的一个贯穿形象，一个串联因素，一个结构主干，这一写景手法在《哥萨克小娘子》《日薄西山》和《父亲》等"敖德萨故事"中体现得最为充分和典型。《哥萨克小娘子》中，有一长段文字中包含着若干句关于时辰的描写：

> 太阳升至光华熠熠的中天。太阳升至中天后，像只被酷热折磨得软弱无力的苍蝇，打起抖来……高悬空中的太阳就像干渴的狗伸出在外的舌头，远处巨人般的大海朝着普里斯普区滚滚涌来……白昼驾着华美的单桅帆船，向黄昏航去，直到五点钟，柳布卡才迎着晚霞从市区回来。

这三句写景之间，时间便迅速地由正午跳跃至黄昏，这样的写景压缩了叙述时空，为主人公柳布卡的出场和表演腾出了更多的地盘。在《日薄西山》中，我们能更清晰地看出景色描写和情节发展之间相互交织、相互烘托的互动关系。弟弟廖夫卡和哥哥别尼亚决定教训他们的老爸，哥哥说："时间正在走过来。你听听时间的脚步声，给时间让路。""于是廖夫卡退了一步，以便给时间让出一条路。它，时间，自古代起就当出纳员了，走了一程又一程。它在途中遇见了国王的姐姐特沃伊拉，遇见了马车夫马纳谢和俄罗斯姑娘玛鲁霞·叶甫图申科。""时间"在小说中成了一个逐渐走过来、目睹并参与情节的角色和人物：在老爸归家途中，"落霞在空中煮熬，又浓又稠煞像果酱"，"晚霞好似开了膛的野猪的血在乌云中流淌"；待老爸到家，父子冲突即将发生，"夕阳立时向高处蹿去，活像由矛尖顶住的红盆那样打着旋"；在老爸挨揍后，家里气氛怪诞，"窗外繁星散立，像是大兵们在随地拉屎撒尿，蓝色的穹宇间浮游着绿莹莹的星星"。在这篇小说的始终，时辰似乎像作者一样，是俯察一切、统领一切的。在《父亲》中，黄昏、残阳、傍晚等同样成为小说中的能动角色："黄昏贴着长凳兴冲冲地走了过去，落日煜煜闪光的眼睛堕入普里斯普区西面的大海，把天空染得一片通红，红得好似日历上的大红日子。""残阳紫红色的眼睛扫视着下界，于入暮时分擒住了在大车底下打呼噜的格拉奇。一道稍纵即逝的夕晖射定在这个睡大觉的人脸上，火辣辣地数落着他，将他撵到了尘土飞扬、像风中的黑麦那样闪着光的达利尼茨街。""傍晚早已进入深夜，天空一片漆黑，银河金光熠熠，凉气袭人。"人物活动在时间里，时间自身也纷纷活动起来，加入到故事情节中来，两者你追我赶，让叙事充满着跳跃和突转。所谓的"蒙太奇性"是人们在谈论巴别尔短篇小说时经常提及的一个概念，而一段又一段简洁的景色描写，往往就是不同"镜头"之间的转换，甚至就是"镜头"本身。

革命年代的诗化小说

将被描写对象主体化，使隐喻成为景色描写的内核，让景色描写在整个小说文本中发挥起承转合的结构功能,巴别尔的这三个写景策略相互之间其实存在着某种呼应关系。被描写对象的主体化,或曰叙事文本中主客体关系的有意混淆或倒置,这是展开隐喻式描写的前提之一;而无处不在的隐喻式写景,或曰组合隐喻、整体隐喻,又是压缩叙事时空、优化小说结构的最有效方式之一。

巴别尔短篇小说的景色描写无疑是其作者有意识的风格营造手段,是与其小说的总体叙事策略密切关联的。无论是被描写客体的主体化、隐喻化的写景状物,还是主要由景色描写串联起的小说结构,三者均共同服务于作家的同一目的,即营造出一种诗化的、陌生化的、极富张力的、具有现代感的小说叙事氛围。巴别尔独树一帜的景色描写是一种高明的写作方式,是揭示巴别尔创作秘籍的密码钥匙,也是其短篇小说整体风格重要的构成因素和生成机制。就这一意义而言,巴别尔短篇小说中的写景策略以及借此营造出的独特的叙事氛围,应该是 20 世纪世界短篇小说发展史中极具现代感的写作尝试之一。

需要指出的是,巴别尔短篇小说的写景策略当然是他本人的文学个性之表达,但是其养成和显现与当时的历史语境或许也不无关系。我们至少可以从以下几个角度做出猜度:首先,巴别尔思考和写作的年代是一个革命的年代,而且是人类历史上最具颠覆意义的革命年代,作为投身于这场革命的作家,巴别尔及其同时代的许多作家均如马雅可夫斯基那般,将十月革

命视为"我的革命",将社会主义的革命同时也视为一场伟大的
文学革命。他们以创世般的态度看待之前和眼前的一切,以果
决的姿势质疑和颠覆包括文学传统在内的所有传统,他们的创
作因而体现出极强的解构特征和狂欢色彩。我们或许可以说,
包括独特的写景策略在内的巴别尔小说写作方式,也就是他自
己所说的"走相反的路",在一定程度上也是一种革命意志的艺
术表达,一种创新精神的审美显现。其次,巴别尔开始小说创
作时,俄国白银时代的文学和文化影响仍在持续,白银时代的
文学其实也是一场"文学革命",它的兴起和十月革命的爆发其
实有着相似的内在驱动力,即一种改造现实的冲动和关于未来
的乌托邦憧憬,俄国作家瓦尔拉莫夫在其长篇新作中将这一
"世纪初情绪"概括为"臆想之狼"。白银时代就整体而言是一
场现代派的文学文化运动,其对小说写作的显著影响之一便是
散文的诗化倾向,白银时代的一批小说作家一改托尔斯泰、契
诃夫的小说传统,开始探索小说写作的其他可能性,当时最为
突出、最有影响的就是别雷的"韵律小说"和"断句散文"的创作
试验,巴别尔的小说写作策略或许也是这种影响的结果之一。
最后,所谓"历史语境"或许也可理解为巴别尔在写作其短篇小
说时所处的"客观条件",即骑马挎枪的征战环境和居无定所的
漂泊生涯。巴别尔不承认他是个"坐不住"的人,但自他发表第
一篇小说到他死于卢比扬卡监狱,他一生中的确少有安坐书桌
前的时光,而且悖论的是,巴别尔短篇小说创作的几个高潮期,
又恰好是他生活中最为动荡的时期。巴别尔短篇小说的写景

策略与其所处历史语境的关系尚需进一步探讨,但是,与其说是 20 世纪 20 至 30 年代独特的社会历史语境造就了巴别尔独特的小说风格,莫如说是巴别尔独特的文学天赋在与其相吻合的那一文学和社会氛围中得到了充分的展示。

日瓦戈何许人也

——读帕斯捷尔纳克的《日瓦戈医生》

生活的象征

小说《日瓦戈医生》主人公日瓦戈的原型据说是德米特里·阿夫杰耶夫,他是一位出身商人家庭的医生,帕斯捷尔纳克1941至1943年间在战时的疏散地奇斯托波尔与阿夫杰耶夫相识,回到莫斯科后与医生一家仍保持联系。可是后来,作家因何又为他的主人公取名"日瓦戈"呢?

帕斯捷尔纳克晚年的女伴奥尔迦·伊文斯卡娅在其回忆录《与鲍里斯·帕斯捷尔纳克共度的岁月:时间的俘虏》中这样谈到"日瓦戈"这个名字的来历:已开始这部长篇小说写作的帕斯捷尔纳克,为自己小说的主人公究竟该叫什么名字而举棋不定,一天他走在大街上,"突然看到一块圆形铸铁块,上面铸有制造者的名字'日瓦戈'……于是他决定,就用这个陌生人的姓氏吧,他或许属于商人阶层,或许属于半知识分子阶层,此人将成为他的文学主人公"。

在帕斯捷尔纳克的小说手稿中,男主人公曾先后名为"普尔维特"和"日伍尔特",最后才被定名为"日瓦戈"。第一个名字据说源于法文 pour vie,即"为了生活",第二个名字的词根在俄语中意为"生活",而最终被作家采纳的"日瓦戈"则是一个古老的教会斯拉夫语单词,意为"富有活力的"。鲍里索夫在为1989 年版《日瓦戈医生》所写的后记中说:"在这实为同一名字的三种表达方式中,包含着帕斯捷尔纳克整个创作的一个中心取向,即永恒感,即生活之不朽。"斯特拉霍尔斯基主编的《文学作品百科全书》也认为:"日瓦戈和日伍尔特这两个名字,再加上在 20 世纪最初十年的手稿里发现的第三个名字列里克维米尼·普尔维特,它们或多或少均与'生活'这一共同概念有关联。"也就是说,在《日瓦戈医生》作者的心目中,日瓦戈首先是"生活"的象征。

帕斯捷尔纳克的儿子叶夫盖尼在谈到父亲早年的"职业选择"过程时曾感慨道:"鲍里斯·帕斯捷尔纳克的青年时代由一连串成功的尝试构成,其中伴有令人意外的获得以及对所获得一切的近乎匪夷所思的放弃。"帕斯捷尔纳克的父亲是著名画家,母亲是著名钢琴家,他自幼便在绘画和音乐方面表现出很高天赋,但上大学时他却选择了莫斯科大学法律系,后转入文史系。1912 年,帕斯捷尔纳克去德国马堡大学学习哲学,在他获得诺贝尔奖之后,这座大学城中帕斯捷尔纳克当年宿舍所在的街道被命名为"帕斯捷尔纳克街",他住过的那幢楼上也挂了一块纪念牌,可这纪念牌上却刻有帕斯捷尔纳克这样一句话:"别了,哲学!"这句话摘自帕斯捷尔纳克的自传《安全证书》,帕斯捷尔纳克在这部自传中谈到他"告别哲学"转向诗歌的动机时称,他觉得诗歌甚至比哲学更易贴近并揭示生活的秘密。他的第一部引起广泛影响的诗集,书名就是《生活啊,我的姐妹》。而在《日瓦戈医生》中,帕斯捷尔纳克又借助"日瓦戈"这个主人公姓氏给人们以这样的暗示,即"生活"也是他的"兄弟",是他小说的男主人公。

自我医治的医生

小说的题目告诉我们,日瓦戈是一位医生。

日瓦戈的医生身份或许源自其原型阿夫杰耶夫,但通过小说的书名来醒目地突出主人公的这一身份,作家或许至少还有这么几种考量:

首先,无论在帕斯捷尔纳克写作《日瓦戈医生》的20世纪40至50年代的苏联,还是在小说前半部分情节展开的十月革命前后的俄国,医生均被视为典型的知识分子。写作伊始,作家就决定其主人公应为一位"知识分子"或"半知识分子",医生的职业无疑是与其预设主人公的身份相吻合的。

其次,以数十年间始终有敌对政治力量相互角力的俄国社会为小说场景,作家选取一位医生作为主人公,让他在两大阵营间穿梭往来,时而前线时而后方,时而城市时而乡间,这便给了作家以更为阔大的描写空间和更为自如的叙事转换。更为重要的是,对于小说叙述调性的确定而言,对于主人公性格特征的塑造而言,乃至对于作者创作思想的表达而言,"医生"这一"中间角色"无疑都是至关重要的。《日瓦戈医生》俄文版于1988年在莫斯科《新世界》杂志发表时,利哈乔夫院士写了一篇题为《关于帕斯捷尔纳克长篇小说〈日瓦戈医生〉的思考》的文章,为帕斯捷尔纳克及其小说的"复出"奠定了基础,他在这篇文章中也曾言及日瓦戈形象的"中立性":"尤·安·日瓦戈在国内战争中的中立立场是由他的职业所宣示的:他是一位军医,也就是说,他是受国际条约保护的正式的中立人士。"

最后,日瓦戈的医生身份也构成一种隐喻,即日瓦戈的精神追求和生活态度,对于他所处的时代和社会而言也具有某种医治作用。作为医生的日瓦戈,最终未能治愈自己肉体上的疾病,人到中年时便因中风死在莫斯科街头;但是,置身于满目疮痍的社会和瘟疫流行的时代,日瓦戈却始终在进行精神上的自我医治,以其相对健康的精神与病入膏肓的环境构成一种对峙,这才是日瓦戈的"医生"职业的隐含意义之所在。

作为诗人的"作者主人公"

《日瓦戈医生》的主人公像他的塑造者一样,也是一位诗人。

在1947年3月写给一位记者的信中,帕斯捷尔纳克这样写道:"我此时在写作一部大部头小说,其主人公有点像勃洛克和我(或许还有马雅可夫斯基,还有叶赛宁)的合成。他将死于1929年。他留有一部诗集,这部诗集将构成小说第二部中的一章。"他在另一个地方也重复了这一说法:"这个主人公应该是我、勃洛克、叶赛宁和马雅可夫斯基之间的某个平均数。"也就是说,帕斯捷尔纳克在写作这部长篇小说伊始便决意选取一位诗人来做主人公。

帕斯捷尔纳克开始文学创作时恰逢俄国文学的白银时代,在那个"俄国的文艺复兴"时代,诗人们独领文坛之风骚,他们激扬文字,放声歌唱,是真正的"当代英雄"。而当帕斯捷尔纳克开始写作这部长篇小说,诗人们却已风光不再,许多著名诗人或英年早逝,如勃洛克;或遭镇压,如古米廖夫和曼德施塔姆;或自杀,如马雅可夫斯基、叶赛宁和茨维塔耶娃;或被批判,如阿赫马托娃。20世纪俄罗斯知识分子的不幸遭遇似乎在诗人这个群体中得到了最集中、最充分的体现。作为这个群体之一员,在为其所处时代撰写"编年史"时,帕斯捷尔纳克自然更愿选取一位"同行"作为描写对象,更何况,诗人写诗人,在性格塑造、心理刻画等方面当然也更加得心应手,游刃有余。

正是由于主人公日瓦戈的诗人身份,小说《日瓦戈医生》便带有了显明的"自传"色彩。在《日瓦戈医生》之前,帕斯捷尔纳克即已发表自传《安全证书》,在此之后,他还写作了另一部自传《人与事》,但包括他自己在内的许多人却一直认为,《日瓦戈医生》才是他个人"生活和命运"的"总结之书"。利哈乔夫在上面提到的那篇文章中认为,《日瓦戈医生》甚至不是一部小说,而是"一种特殊的自传"。日瓦戈面对生活的不懈思索,日瓦戈的文学写作方式,日瓦戈面对革命的态度,甚至日瓦戈优柔寡断的性格和移情别恋的婚姻,都与日瓦戈的诗人身份一样,是帕斯捷尔纳克的自我写照。但日瓦戈这一"自传"形象的特殊性却在于,作者之写自己,就像在写一位他者,于是,小说的这个主人公便像是诗歌中的抒情主人公。诗歌中的抒情主人公往往是杜撰的,是陌生化的,可他却总是诗人最等值、最鲜明的自我表达;诗人笔下的"我"并不永远仅仅是他自己,同样,诗人笔下的"他"也往往带有诗人自己的情感体验和精神投射。利哈乔夫因此断言:"尤里·安德烈耶维奇·日瓦戈就是帕斯捷尔纳克的抒情主人公,后者在小说中也依然是一位抒情诗人。"而这部小说,其实就是帕斯捷尔纳克本人的"抒情自白"。换言之,日瓦戈的形象就是帕斯捷尔纳克的个性之投射,就是帕斯捷尔纳克的一种发展了的自我,一种更具典型性和概括性的自我。正是就这一意义而言,有人索性将日瓦戈与帕斯捷尔纳克并列,合称为"作者主人公"。

《日瓦戈医生》被视为帕斯捷尔纳克艺术观和世界观的集大成者,而主人公的诗人身份,使同样作为诗人的帕斯捷尔纳克可以更为直接、更为便利地表达自己的感受和思考。帕斯捷尔纳克说:"我不能说这部小说很出色,是天才之作,是成功之作。但这是一个转折,是问题的解决,是一种欲把一切一吐为快的愿望,即以历史绝对性的态度对生活及其最广阔的基础做出评判，如果说先前吸引我的是各种音步的抑扬格格律，那么在开始写作这部长篇小说时，我试图采用的却是一种世界性的格律。"日瓦戈的诗人身份也对《日瓦戈医生》这部"抒情史诗"的结构和调性起到了某种决定性作用。《日瓦戈医生》与传统的长篇小说不同，它采用的是充满跳跃的诗体结构，用的是布满比喻的诗化语言，情节的主线也是主人公的诗性感受，这一切营造出一种浓郁的诗意氛围。结尾一章《尤里·日瓦戈的诗作》更是在提醒读者，这部作品是诗与散文的合成，是抒情诗与长篇小说的合成。俄罗斯诗人沃兹涅先斯基曾将《日瓦戈医生》定义为"诗小说"，他的主要理由之一也正在于"诗人主人公"在这部小说中所占据的中心位置，所发挥的结构功能。

作为诗人的日瓦戈的死亡，自身也构成一个颇具互文含义的隐喻。日瓦戈死于三十七岁，这是普希金离世的年纪。日瓦戈死于中风引起的"呼吸困难"，而勃洛克在1921年一篇纪念普希金的文章中曾这样写道："诗人死去了，因为他缺乏可供呼吸的空气。"日瓦戈死在一辆电车上，而古米廖夫曾写有《迷途的电车》，将因革命而失去控制的时代形容为一辆脱轨的电车。

与历史对峙

赫尔岑曾说，他写作回忆录《往事与沉思》是为了揭示"历史在一个人身上的反映"，而帕斯捷尔纳克在1926年写给茨维塔耶娃的一封信中则说，他要把"你我同属的、显然脱离了历史的这一代人再还给历史"。大约在 1945 年 11 月至 12 月间,帕斯捷尔纳克正式开始了小说《日瓦戈医生》的创作。1946 年 10月 13 日,帕斯捷尔纳克致信表妹奥尔迦·弗莱登伯格:"我对你说过,我开始写作一部大部头小说。说实话,这是我第一部真正的作品。我想在其中给出俄国近四十五年的历史形象,同时也要从各方面展现一个沉重、悲哀的主题,这类主题曾在狄更斯和陀思妥耶夫斯基处获得完美详尽的处理,这部作品将体现我关于艺术、《福音书》、一个人在历史中的生活等其他许多问题的看法。"

如阿格诺索夫在其《20 世纪俄罗斯文学》中所言:"因此可以说'人与历史'成了这部小说的主题,只不过作者对人的历史存在本身有着自己的理解。"但是,如果说赫尔岑要写"历史在一个人身上的反映",决意把"这一代人再还给历史"的帕斯捷尔纳克,注重的却是"一个人在历史中的生活",亦即历史中的个人,或曰个人的历史,他要体现的与其说是人在历史中的发展和成长,亦即历史对人的作用,不如说是人与历史的冲突,人对历史的抗衡,亦即人对历史的反作用力。

日瓦戈的舅舅,也是他的精神导师尼古拉·尼古拉耶维奇·韦杰尼亚平在小说的一开始就问道:"什么是历史?历史就是不懈破解死亡之谜并进而战胜死亡的各种自古就有的工作之总和。"在帕斯捷尔纳克看来,人类文明的整个过程,亦即"历史",其意义就在于赞叹"生之奇迹",破解"死之谜语",就在于确定"个性之现象",论证"存在之不朽",个人就是造物主的创造之桂冠,是自然界中唯一具有精神意义的实体存在,因此,人的存在之价值并不亚于任何历史的存在。历史的存在意义在于创造人,在于个性的实现,而不是相反,也就是说,人的存在意义在于创造历史,在于改造历史。正是在这个意义上,帕斯捷尔纳克坚决反对任何假借"历史"的名义对"个人"的强加和凌驾。《日瓦戈医生》并不仅仅是20世纪俄罗斯知识分子悲剧命运的写照和再现,更不仅仅是对俄国十月革命的谴责和声讨,小说作者其实有着更为深刻、更加概括的思索:历史的发展与个人的发展、国家的命运与个人的命运之间或许是充满矛盾的,历史进步的目的与达到目的的手段这两者之间或许是构成冲突的。

十月革命爆发时,日瓦戈的舅舅对日瓦戈说:"这值得一看。这就是历史。这种事情一生只能遇上一回。"日瓦戈果然"看见了"历史,体验了历史。小说中的日瓦戈除了写诗外也写札记,他的札记题为《以人为对象的游戏》。从20世纪初期到帕斯捷尔纳克开始写作这部小说的20世纪40年代,俄国大地上一直在上演残酷的"以人为对象的游戏",也就是"把玩人""玩弄人",个体的人纷纷成了历史巨掌上的玩偶,命运皮鞭下的羔羊,其结果就是持续不断的无谓争斗和牺牲,绵延不绝的无辜流血和死亡。于是,一代试图把玩历史的人却被历史所把玩,一代试图操控命运的人却被命运所操控,甚至连加害于人的人自己也都纷纷成了受害者和牺牲品,小说中的斯特列尼科夫(安季波夫)就是一个例证。莱德曼和利波维茨基父子在其

《20世纪俄罗斯文学史》中发问："因此，小说中一直在持续进行一场关于历史的争论，即'改造世界'是否可能，即便拥有最善意的设计？对于生活之自然进程的强暴能否被允许，即便以最壮丽的理想为名？将当下生活仅仅理解为'光明未来'之前提，这样的观点是否具有意义？"而日瓦戈给出的答案，就是"仿佛退出了游戏"。在拉拉被科马罗夫斯基带走之后，独自留在瓦雷金诺的日瓦戈，"除了写作痛失拉里萨的诗作外，还把各个时期所写的关于自然、日常生活等各种题材的诗作都完成了。和过去一样，在写作时，许多有关个人生活和社会生活的念头不断向他袭来"，"他再次想到，他对历史以及所谓历史进程的看法与众不同，在他看来，历史的景象就像植物王国的生命"，"历史不是由哪一个人创造的，历史的发展正像野草的生长一样，是看不见的"。而他身边的"历史"却是反自然的，因而也是反人性的。不是个人应该服务于历史，而是历史应该服务于个人，让个人实现其自由和价值。所谓"改造世界""创造历史"之类的豪言壮举，都是与日瓦戈探究"生活之秘密"和"存在之不朽"的取向格格不入的。面对历史，日瓦戈既置身其中，又置身事外，他从侧面，甚至从对面打量自己所处的历史，通过他的思考和写作，更多的是通过他的行为和存在本身，来表达他与历史的对峙，他对历史的抗拒。

俄国的哈姆雷特

帕斯捷尔纳克正式动笔写作《日瓦戈医生》，是在他完成对莎士比亚《哈姆雷特》一剧的翻译之后。《哈姆雷特》的翻译无疑也影响到了《日瓦戈医生》的写作，其痕迹之一便是日瓦戈身上浓厚的哈姆雷特气质。

作为小说最后一章（第十七章）的日瓦戈的二十五首诗，其第一首便以《哈姆雷特》为题：

> 喧闹静了。我走上舞台。
> 我倚着木头门框，
> 在遥远的回声中捕捉
> 我的世纪的未来声响。
>
> 夜色盯着我看，
> 像一千个聚焦的镜头。
> 我父亚伯，若有可能，
> 请免去这杯苦酒。
>
> 我喜爱你固执的意图，
> 也同意扮演这角色。
> 此时却上演另一出戏，

请你这回放过我。

可剧情已经设定，
结局也无法更替。
我孤身一人沉入虚伪。
度过一生，绝非走过一片田地。

在这里，日瓦戈以哈姆雷特自比，不，更确切地说是帕斯捷尔纳克在将日瓦戈比作哈姆雷特。这是一个悲剧英雄，因为他要在"另一出戏"中扮演他本不愿扮演的角色，他要违背自己的意志"沉入虚伪"。

在小说中，哈姆雷特的犹豫不决，哈姆雷特的无所适从，哈姆雷特的别无选择，都在日瓦戈身上有所体现。日瓦戈在两个阵营间来回摇摆，或曰不偏不倚；他在两个女人间举棋不定，或曰同时深爱着两个女人，而且，他也很爱他的最后一任妻子玛丽娜；他似乎一贯缺乏果敢的行动、坚强的意志和明确的目标；作为女婿、丈夫和父亲，他在动荡的岁月里未能给家人和亲人提供足够的庇护，最终妻儿被迫移居国外，情人也被自己的情敌带走。在小说中，日瓦戈的妻子塔尼娅曾在给丈夫的告别信中这样谈到日瓦戈的"缺乏意志"："而我是爱你的。唉，我是多么的爱你，你简直无法想象！我爱你身上的一切特别之处，一切好的和不好的特点，你所有那些平平常常的方面，可它们却非同寻常地合为一体，因此显得珍贵，我爱你那因为内在涵养而变得高尚的脸庞，若没有那内涵你的脸庞或许并不显得英俊，我爱你的天赋和智慧，它们弥补了你完全欠缺的意志。"在谈到日瓦戈的性格时，人们常常会用到三个俄语单词，即 *безволие*（优柔寡断），*бессилие*（无能为力）和 *бездействие*（无所作为），这似乎是一个被动的、消极的人物，也有人将他与高尔基笔下的萨姆金等形象并列，称他为"20 世纪的多余人"。

然而，把日瓦戈的哈姆雷特性格置入他所处的那个动荡、激进的时代，这个形象的"积极"意义便凸显了出来。利哈乔夫指出："这些摇摆不定所体现的并非日瓦戈的软弱，而是他的智性力量和道德力量。他的确缺乏意志，如果这意志指的就是那种毫不动摇地接受那些单一决定的能力，可他身上却有着一种精神上的决然，即不屈从于那些能够摆脱犹豫的单一决定之诱惑。"不随波逐流，不左右逢迎，更不助纣为虐，这就是日瓦戈在革命时代始终如一的姿态，于是，哈姆雷特提出的"做还是不做"的问题，在日瓦戈这里反倒有了答案，即"不做就是做"。

值得注意的是，帕斯捷尔纳克在译完《哈姆雷特》后所写的《莎士比亚翻译札记》一文中曾这样说道："《哈姆雷特》不是一部表现优柔寡断的戏剧，而是一部表现责任和弃绝自我的戏剧。""哈姆雷特是其时代的判官，是为确立生的真理和不朽而肩负的牺牲义务之体现。"日瓦戈的犹豫，像哈姆雷特一样，其实是一种尊崇使命、忠于责任的态度之体现；日瓦戈的无为，背衬着疯狂、残忍的时代，反倒显示出了比哈姆雷特更大的勇气、更多的人道主义力量。日瓦戈作为 20 世纪"俄国的哈姆雷特"，其立场和姿态或许就构成一种更加理智、更为合理的抗拒命运的方式。

耶稣的影子

在 1946 年 10 月 13 日写给表妹弗莱登伯格的一封信中，帕斯捷尔纳克曾将《日瓦戈医生》称作"我的基督教"，这当然是一种比喻说法，指这部小说是他的思想和信仰的集大成者。但与此同时，他的这一表述无疑也能帮助我们更充分地意识到《日瓦戈医生》浓厚的宗教色彩，比如，小说在内容和形式上与俄国文学中传统的"使徒传"体裁相似，小说中的年代和日期多采用宗教日历上的说法，小说中大量采用宗教词汇和《圣经》引文等，这些成分在苏联时期的小说中极为罕见，在《日瓦戈医生》后来遭到批判时，这些特征也均被当成重要"罪证"。

在苏联解体后的俄罗斯学界，《日瓦戈医生》的宗教内涵得到越来越多的关注。在《20 世纪俄罗斯文学史》一书中，关于《日瓦戈医生》的分析由三小节构成，其中两节的题目就分别为《"尤里·日瓦戈和耶稣基督"之相似》和《尤里·日瓦戈的〈福音书〉》。书中关于日瓦戈形象之宗教意义的阐释，其结论之一即日瓦戈就是另一个耶稣："对小说《日瓦戈医生》最初的一些评论即已发现了尤里·日瓦戈形象与耶稣基督的相似。但是，可以进行讨论的不仅有这两个形象的相似，而且还有另一种相似，即尤里·日瓦戈的整个历史、其命运的全部故事与《圣经》

中耶稣基督的历史、与《新约》故事之间的相似。这种相似在小说中发挥着某种结构轴心的作用。"也就是说,无论就性格和形象而言,还是就经历和命运而言,日瓦戈都是一位 20 世纪的"俄国耶稣"。

从身世和经历上看,和耶稣一样,日瓦戈也是一位受难者。小说从日瓦戈母亲的葬礼写起,十岁的尤拉(日瓦格名字的昵称。——引者按)爬上母亲的新坟,"小男孩两手捂着脸,痛哭起来。一片云迎面飘来,将冰冷的雨点砸在他的手上和脸上"。在此之前,他的百万富翁父亲早已跳下火车自杀。他后来寄居在莫斯科一位亲戚格罗缅科家里,在医学院接受教育,还与格罗缅科的女儿塔尼娅相爱成婚,但这宁静的生活却始终被周围环境所侵扰,日瓦戈目睹了 1905 年革命的街头屠杀和第一次世界大战的血腥战场,在十月革命和内战期间,他流离失所,妻离子散,像一颗谷粒被夹在红白两大阵营的磨盘间,甚至连他的爱情都是凄婉的、不幸的,他穷困潦倒,最终倒毙街头。在小说结尾,拉拉坐在日瓦戈的棺材旁哭诉,然后,"几个男人走到棺材旁,用三条麻披抬起棺材。开始出殡了"。日瓦戈的故事被镶嵌在他母亲的葬礼和他自己的葬礼之间,构成一位受难者的悲剧一生。

从性格和行为上看,和耶稣一样,日瓦戈也是一个纯洁安详的天使般人物。他善良谦和,与世无争,不谙世故,但是,《文学作品百科全书》如是说:"至于主人公具体行为上的'无为',却多次因为其道德上的献身精神而得到补偿。就像陀思妥耶夫斯基的小说《白痴》中的梅什金公爵一样，这位主人公也成了基督之个性的独特'投射'，成为其精神功绩之体现，其救赎式牺牲的《福音书》理想之体现。"

从性格塑造的角度看，和耶稣一样，日瓦戈也是一个给定的性格。《日瓦戈医生》写到了日瓦戈的"思想转变"，比如，在革命发生的初始阶段，他像勃洛克等俄罗斯知识分子一样曾感觉到一种莫名的激动或曰兴奋："多么了不起的外科手术！巧妙的一刀，一下子就把多少年发臭的烂疮切除了！痛痛快快，干脆利索，一下子就将千百年来人们顶礼膜拜、奉若神明的不合理制度判处了死刑。"但革命中发生的与人、与人性相悖的事情却使他迅速改变了立场，更确切地说，他并未改变立场，因为他的立场自始至终都是固定的，即人道主义的立场。他的性格其实是没有变化的，自始至终都像基督一样谦恭宽容、自我牺牲，他在他那组诗作的最后一首中曾重复了主的话语："人，收起你的剑。争执不该用刀剑解决。"这像耶稣一样"事先给定的命运和性格"，与始自 19 世纪中期的俄国小说人物塑造手法大相径庭，无论是托尔斯泰在《战争与和平》中采用的"心灵辩证法"，还是阿·托尔斯泰揭示的"苦难的历程"，均在帕斯捷尔纳克这部小说中遭到了解构和颠覆。

"第三类型"的知识分子

关于《日瓦戈医生》是 20 世纪俄罗斯知识分子命运之艺术

再现的说法，早已成为一种文学史定论，但关于日瓦戈的俄国知识分子属性之独特性的论述尚不够充分。我们应该注意到，在日瓦戈所处时代，俄罗斯知识分子的构成自身也是复杂多元的。十月革命之后，自别林斯基、车尔尼雪夫斯基始的俄国激进派知识分子的思想传统占据上风，成为主流，以流亡知识分子和所谓"国内侨民"为主体的"反革命"知识分子则在与新现实做殊死搏战，而在这两大知识阵营之间，其实还有大量"中间"知识分子，他们构成了 20 世纪俄罗斯知识分子的"第三类型"，日瓦戈就是他们的典型代表之一。

作为这一类型的俄罗斯知识分子，日瓦戈身上至少体现出了这样几种独特的俄罗斯知识分子属性：

首先，以做旁观者的不作为方式自觉地维护自我和社会的道德纯洁和精神健康。在革命的急风暴雨时期，在两派争斗的历史阶段，他们保持中立，与两个阵营都同时拉开距离，不随波逐流，也不以牙还牙，他们认为这才是最为恰当的消弭社会矛盾的方式方法，这才是真正的人道主义。更为重要的是，俄国知识分子这种自觉的道德感和责任感又总是与他们深刻、虔诚的宗教感联系在一起的，在俄罗斯当代作家、畅销书《帕斯捷尔纳克传》的作者德米特里·贝科夫看来，日瓦戈的形象就是俄国基督教的化身，帕斯捷尔纳克通过这一形象所体现的，就是东正教弘扬的"牺牲和慷慨"。

其次，是对文化和艺术的眷念。小说中的日瓦戈虽然生活动荡，虽然职业为医生，却始终没有停止关于俄国历史和现实的哲学思考，始终没有停止自己的文学写作，尽管他的思考和写作未必是"合乎时宜"的，他似乎在用自己的举止图解白银时代俄国知识分子的一项不约而同的使命，用曼德施塔姆的话来说就是："对世界文化的眷恋。"日瓦戈在小说中曾对艺术创作之意义有过很多说法，主题即帕斯捷尔纳克自己的创作信条："艺术就是战胜死亡、赢得不朽的唯一途径。"主人公的同父异母兄弟叶夫格拉夫后来成为苏联将军，可他却由衷地喜爱哥哥的诗歌，不懈地搜集整理日瓦戈的手稿，这个情节似乎也构成某种关于艺术创作之不朽的隐喻。

最后，是对大自然的亲近。小说中的日瓦戈颠沛流离，却自始至终都置身于俄国大自然的怀抱，他对自然具有诗人般的敏感和情人般的深情。茨维塔耶娃在评论帕斯捷尔纳克笔下的自然时曾说："在帕斯捷尔纳克以前，自然界是通过人描写出来的。帕斯捷尔纳克诗里的自然界却没有人。人参与其中仅仅是由于，它是通过人的话语表达出来的。可以说，任何诗人都可以把自己比喻成一棵树。帕斯捷尔纳克则感到自己就是一棵树。仿佛是大自然把他变成了一棵树，为的是让他迷人的'躯干'合着自然界的节拍瑟瑟作响。"这段话也可以用在日瓦戈身上。日瓦戈在瓦雷金诺的爱情和写作其实构成一种象征，即大自然才是他的思想摇篮和情感归宿。德米特里·贝科夫在《帕斯捷尔纳克传》中指出，拉拉其实就是俄国的象征，这个国家始终厄运缠身，不善于面对生活，却总能顽强而又美丽地存在下去。五位男人，即日瓦戈、安季波夫、科马罗夫斯基、加利乌林和萨姆杰维亚托夫对拉拉的爱慕和追求，就象征着不同社会力量对俄国的觊觎和掌控；而拉拉就像是母亲大地，是俄国的大自然，她海纳百川，永远能恢复贞洁，就像古希腊的女神。

日瓦戈是一位既独特又典型的20世纪俄罗斯知识分子，道德、文化和自然这三种因素既是他的坚守对象，反过来也是他性格基因的重要构成。

日瓦戈是医生，也是诗人；是哈姆雷特，也是耶稣；是生活的象征，也是与历史的对峙；是帕斯捷尔纳克的"抒情主人公"，也是20世纪俄国知识分子的"第三类型"……具有如此多元身份的日瓦戈形象，注定是一个内涵复杂而又深刻的文学主人公。日瓦戈这位文学主人公的这七种身份，同时也就是小说的七层内涵、七条线索和七重结构。对于一部长篇小说的解读，往往就是对于其中人物，尤其是其中主人公的解读。理解了日瓦戈这个形象，也就有可能理解《日瓦戈医生》这样一部20世纪俄国文学中的"秘密之书"（斯米尔诺夫语）和"文化之书"（孔达科夫语）所具有的深刻内涵和深远意义。

20 世纪的《战争与和平》

——读格罗斯曼的《生活与命运》

　　俄国人善于用文学记录俄罗斯民族的重大历史事件，1812年抗击拿破仑的卫国战争在托尔斯泰的《战争与和平》中得到恢宏再现，十月革命后的国内战争在肖洛霍夫的《静静的顿河》中获得壮阔描摹，于是，人们在第二次世界大战结束后不久便开始翘首以待：一部新的《战争与和平》会在何时出现呢？然而，新的《战争与和平》注定无法在二战之后相当长一段时间内的苏联社会文化语境中出现，西蒙诺夫的《日日夜夜》和法捷耶夫的《青年近卫军》等显然与《战争与和平》相距很远。20 世纪的俄语战争文学先后出现"三次浪潮"，相继涌现许多杰作名著，却无一部能与《战争与和平》相提并论。时间到了 20 世纪80 年代末，亦即苏联解体前两三年，一部反映苏联反法西斯卫国战争的史诗巨作却横空出世，这就是瓦西里·格罗斯曼的长篇小说《生活与命运》。

卫国战争的英雄

瓦西里·格罗斯曼本名约瑟夫·格罗斯曼,他(或他的父母)后将典型的犹太人名约瑟夫改为俄罗斯人更常用的名字瓦西里,大约意在掩饰其犹太出身。他于 1905 年出生在乌克兰顿巴斯矿区的别尔季切夫城,其父是化学工程师,母亲是中学法语教师。父母离异后,他于 1912 年随母亲去瑞士,在日内瓦、洛桑等地上学,1914 年返回基辅,中学毕业后考入莫斯科大学数理系化学专业,1929 年回顿巴斯矿区一研究所工作,1933 年来到莫斯科,在铅笔厂做化学工程师。格罗斯曼自 20 年代末开始文学创作,1934 年在《文学报》发表处女作《在别尔季切夫城》,受到高尔基、巴别尔等人重视,后加入苏联作家协会,并在 30 年代中期连续出版三部中短篇小说集,即《幸福》《四天》和《故事集》,成为知名作家。这些小说或写国内战争,或写矿区生活,都属于当时苏联文学中典型的"内战主题"和"生产主题",但在创作之初便有意靠拢巴别尔、普拉东诺夫和布尔加科夫等人的格罗斯曼还是逐渐显现出其写作风格,比如奇特化的细节描写、冷静的主观态度和智性的叙事文字等。

1941 年,格罗斯曼应征入伍,任《红星报》战地记者。他就像特瓦尔多夫斯基的长诗《瓦西里·焦尔金》的主人公一样,"从西部的国界/到自己的首都,/从自己的首都,/打回西部的国界,/又从西部的国界/打到敌国的首都",经历了整个卫国战争。在斯大林格勒会战期间，他更是亲历巷战，置身枪林弹雨，是这场会战自始至终的见证人。他在战时写出大量报道、特写和小说，如《人民是不朽的》《斯大林格勒》《斯大林格勒保卫战》和《特雷布林卡地狱》等，这些文字后曾以《战争岁月》为题结集出版。战争期间格罗斯曼屡获嘉奖，如红旗勋章、红星勋章、劳动红旗勋章、斯大林保卫战奖章、伟大卫国战争胜利奖章、攻占柏林奖章、解放华沙奖章等，并被授予中校军衔。格罗斯曼被公认为斯大林格勒战役乃至整个苏联卫国战争最著名的文学记录者之一。在如今位于俄罗斯伏尔加格勒马马耶夫高地上的斯大林格勒战役纪念馆的大厅里，就镌刻着这样一段引自格罗斯曼的特写《主攻方向》的话："钢铁的风扫向他们的脸庞，但他们继续向前，敌人再次产生了迷信的恐惧感：冲上来的这些人究竟是活人还是死人？"格罗斯曼还是第一批进入纳粹集中营的记者，他1944年写出的特写《特雷布林卡地狱》首度把纳粹建立死亡集中营的骇人罪行公之于世，使"大屠杀"的真相终于大白于天下，格罗斯曼因此也被全世界犹太人视为以笔作为武器的民族英雄。战后，格罗斯曼又与同为犹太人的苏联作家爱伦堡一同编成《黑皮书》，收录了更多关于纳粹屠杀犹太人的证据和实录。

从20世纪20年代末到1964年去世，格罗斯曼的文学创作持续了三十余年。如果说，他第一个十年的作品主题是"内战"和"生产"，第二个十年的描写对象是卫国战争，那么，他最后十年的创作内容便是关于"生活与命运"的思考。将格罗斯曼的战时特写与其他苏联作家的同类作品比较,不难看出其中差异,即格罗斯曼关于战争的"报道"似乎更为冷静客观,更多思索和思辨。比如,人们发现,在格罗斯曼的战地报道中就不曾出现惊叹号,这位随军记者更感兴趣的似乎并非战事和战果,而是关于战争中的人和人性、关于战争之本质和后果等问题的思考。1949 年,他写出长篇小说《为了正义的事业》,并将小说投给《新世界》杂志,经过漫长的三年"编辑",小说方于1952 年在杂志第七到十期上连载。尽管这是一部比较"标准的"苏联战争文学作品,但作者在其中体现出的个性化思考还是引起苏联官方的不满,《真理报》《文学报》和《共产党人》杂志等报刊相继刊出批判文章,苏联作家协会主席团甚至专门就此召开会议,并于 1953 年 3 月 23 日做出《苏联作家协会理事会主席团关于格罗斯曼的长篇小说〈为了正义的事业〉暨〈新世界〉杂志编辑部工作的决议》,对报刊上的批评文章表示支持和肯定,认为格罗斯曼"偏离了党的文学的立场","对卫国战争历史进程的认识是非马克思列宁主义的",表现出了"非常错误的思想创作观"和"资产阶级唯心主义哲学"。《决议》认为《为了正义的事业》在艺术上也一无是处,甚至还把发表作品的《新世界》编辑部和给予这部小说以好评的作家、批评家统统斥责一通。经历了这场急风暴雨的格罗斯曼并未消沉和畏缩,他续写小说的续篇,即后来的《生活与命运》,他深知这部续篇短时间内无法面世,因此反而放开了手脚,任由自己的所思所想自由地倾吐。《生活与命运》写了将近十年,在《生活与命运》之后,格罗斯曼又写出绝笔之作《一切在流动》。这部译成中文不到二十万字的小说几乎没有情节,通篇都是主人公伊万离开劳改营后的见闻和感触。格罗斯曼在这部小说中完成了他关于个人与自由、人民与专制、俄国的历史宿命等问题的广泛而又深入的思考,其文学史和思想史意义,不亚于拉季舍夫的《从彼得堡至莫斯科旅行记》。文学史家通常将《为了正义的事业》和《生活与命运》合称"两部曲",其实,就格罗斯曼之思想的一贯性及其艺术表现方式的统一性而言,他晚年的这三部作品构成了一组真正的"三部曲"。

1964 年 9 月 14 日,格罗斯曼因肾癌在莫斯科病逝,死后葬于莫斯科特洛耶库罗夫墓地。格罗斯曼的身份原本不是问题,可随着苏联的解体和乌克兰的独立,随着犹太社团和犹太裔作家国际影响的增大,他的身份认同也在发生微妙的变化,从一名地道的苏联作家演变为俄语作家、犹太作家、乌克兰作家这一切的混成。新近主张独立的顿涅茨克地区更将格罗斯曼视为其文学和文化代言人,在格罗斯曼工作过的当地医学院大楼的墙上,就新挂起一面格罗斯曼纪念牌。

20 世纪人类苦难的记录

《生活与命运》大致是在斯大林死后的解冻时期写作的,格罗斯曼因此并未接受《为了正义的事业》遭封杀的教训,对这部小说的面世仍怀有希望。1960 年 10 月,格罗斯曼将完稿的小说投给《旗》杂志。据说,该刊当时的主编科热夫尼科夫很快便将手稿交给苏共中央(一说交给了克格勃)。次年 2 月 14 日,秘密警察带着搜查证闯入格罗斯曼家,抄走这部小说的底稿,据说连打字机上的色带都被取下带走。格罗斯曼原以为自己也会被捕,却发现他面对的是"只逮捕书、不逮捕人"这一罕见情形,九天之后,或许是心存侥幸,或许是孤注一掷,格罗斯曼直接上书赫鲁晓夫,他在信中写道:"我请求您还我的书以自由,我请求让编辑,而非国家安全委员会的特工来谈论我的手稿,来与我争论……我如今人身自由,可我花费毕生心血写成的书却在坐牢,这既无道理,也无意义,要知道此书是我写的,要知道我过去和现在都与此书脱不了干系……我仍旧认为,我写的是真相,我是怀着对人的爱和信仰写作此书的。我请求给我的书以自由。"从这封信的口吻来看,当时的政治环境还是比较宽松的。还必须考虑到这样一个情况,即最终拒绝了格罗斯曼请求的赫鲁晓夫却在一年之后亲自拍板让《新世界》杂志发表了索尔仁尼琴的中篇小说《伊万·杰尼索维奇的一天》。或许是受赫鲁晓夫授意,当时苏共中央政治局主管意识形态的高官苏斯洛夫约见格罗斯曼,称归还手稿的事情"绝无商量余地",说这部小说"两三百年之后才能在苏联出版"。或许作家早就对这部小说可能遭遇的"命运"心有预感,他将两份复写件存于他处,其中一份被托付给格罗斯曼的朋友、著名诗人利普金。20 世纪 70 年代中期,利普金在萨哈罗夫、奥库扎瓦和沃伊诺维奇等人帮助下,将手稿拍成微缩胶卷送至境外,经马尔基什和艾特金德编辑,格罗斯曼这部遗作于 1980 年在瑞士洛桑出版。随后,此书迅速被译成欧洲各大主要语种,在世界各国相继面世。但在苏联,此书直到改革时期才得以面世(由《十月》杂志 1988 年第一到四期连载)。2011 年,英国广播公司将《生活与命运》改编为广播连续剧,节目播出后,《生活与命运》英译本曾位居英美畅销书排行榜榜首。2012 年,根据这部小说改编的电视连续剧在俄罗斯国家电视台播放,据统计,莫斯科五分之一的成年居民看完了全剧。近二十余年间,各种版本的《生活与命运》在俄罗斯各地此起彼伏地涌现,印数不菲,可以说,《生活与命运》已成为被阅读最多的 20 世纪俄语长篇小说之一。2013 年 7 月 25 日,俄联邦国家安全局正式将《生活与命运》的手稿转交俄联邦文化部,最终为格罗斯曼这部小说奇特的"命运"画上一个意味深长的句点。

《生活与命运》以第二次世界大战中著名的斯大林格勒为故事情节发生地,以沙波什尼科夫一家及其亲朋好友的生活为描写对象,再现极端环境中人的"生活"和"命运"。小说虽然聚焦于 1942 年 9 月至 1943 年 2 月之间的斯大林格勒,可作者却用沙波什尼科夫一家串联起众多人物的过去和现在。亚历山德拉·沙波什尼科娃革命前毕业于高等女子学院,在丈夫死后做过教师、化学工程师,她有三个女儿和一个儿子。大女儿柳德米拉的第一任丈夫阿巴尔丘克死于苏联劳改营,他们的儿子托里亚 1942 年死于战场,第二任丈夫维克多·施特鲁姆是一位犹太裔物理学家,苏联科学院通信院士,他一直在从事与原子弹相关的研究,他似乎面临着这样一个选择,是继续从事斯大林看重的研究以暂保性命,还是放弃助纣为虐而被消灭,维克多在德国的亲戚朋友被关进纳粹集中营,他的母亲则死于纳粹在占领区对犹太人实施的大屠杀(一如格罗斯曼的母亲于战时在别尔季切夫遇害);二女儿玛露霞死于战时,其女儿维拉在战地医院工作,后结识负伤的飞行员维克多,两人结婚;小女儿叶尼娅爱上坦克部队军官诺维科夫,可被关进卢比扬卡监狱的丈夫克雷莫夫却让她牵肠挂肚;儿子米佳和妻子在大恐怖时期被捕,他们的儿子谢廖沙一直跟外婆生活,后参加斯大林格勒会战。除沙波什尼科夫一家外,作者还设置了另一组人物,即老布尔什维克莫斯托夫斯科伊、军医索菲娅·列文顿和司机谢苗诺夫,他们在战时被关进德国集中营。谢苗诺夫途中被怜悯他的德国人释放,为乌克兰妇人所救;莫斯托夫斯科伊在狱中坚贞不屈,最后遇害;索菲娅因是犹太人而被送入死亡集中营。通过这两组人物,作者不仅再现了斯大林格勒战役的全景,同时也用文学的手法将 20 世纪诸多残酷史实一一记录在案,如苏联的集体化运动、1933 年的乌克兰大饥荒、1937 至 1938 年间的大清洗、德国的死亡集中营等,从而使《生活与命运》成为一部记录 20 世纪俄罗斯民族苦难乃至整个人类苦难的艺术史诗。

当代《战争与和平》

自上世纪 80 年代在西方面世以来,《生活与命运》在世界各国赢得诸多至高无上的评价,如英国历史学家、作家安东尼·比弗称它为"20 世纪最佳俄国小说";法国历史学家弗朗索瓦·福雷认为格罗斯曼因《生活与命运》而成为"本世纪最深刻的见证人之一";德国作家海因里希·伯尔称此书"是一部蕴含着多部长篇的长篇,一部拥有其独特历史的作品";中国学者梁文道说:"这大概是我做读书节目十几年来,最想给我的观众们介绍的一本书。"但是,能给人留下最深刻印象的评语大约还是:"一部当代的《战争与和平》。"格罗斯曼和他的这部小说完全受用得起这句评语,因为它与《战争与和平》之间的确有太多的可比之处。

首先,《生活与命运》这个书名在句法上便与《战争与和平》构成呼应,这两个均由一对名词组成的并列结构书名具有极强的归纳和概括意义,如果说"战争"与"和平"是国家、民族等集体所面对的两种常态,人类社会就是在这两种状态的交替中延续下来的,那么,"生活"和"命运"则是个人存在的两个主要范畴。《生活与命运》手稿的保存者利普金曾这样谈起他对这一书名的理解:"阅读此书时我并未立刻意识到,生活与命运之间还存在着另外一种比我之前想象的更为复杂的关联。我们的理性无法理解这种关联。命运无法改变,命运是生活孕育出来的，而生活就是上帝。"在托尔斯泰和格罗斯曼的这两部小说之后，其他作家似乎很难再找到如此具有史诗性质的书名了，除了朱可夫的《回忆与思考》，还有威廉·曼彻斯特的《光荣与梦想》，但后两者都是纪实性质的作品。

其次，这两部小说都是其作者长期写作体验的厚积薄发。据说，格罗斯曼在写作《生活与命运》之前曾反复阅读《战争与和平》，仔细揣摩其情节结构和谋篇布局。其实，与托尔斯泰的史诗一样，《生活与命运》也是对于"战争"与"和平"的描写，也是关于这两种生活状态的思考。与托尔斯泰一样，格罗斯曼在写作这部巨著前也有过各种有意或无意的创作准备。托尔斯泰在《战争与和平》之前写作的自传三部曲和《塞瓦斯托波尔故事》，分别从贵族生活积累和战争体验这两个方面为写作《战争与和平》做了厚实的铺垫，同样，格罗斯曼在 20 世纪 30 年代创作的三卷本长篇小说《斯捷潘·科尔楚金》以及他以斯大林格勒战役为主题写作的大量报道、特写和小说，也为他最终在《生活与命运》中将这两类写作体验合为一体创造了前提。

再次，这两部小说都是现实主义风格的史诗巨著。《战争与和平》由四部构成，译成中文约一百二十万字；《生活与命运》也有三部，译成中文八十万字。两部史诗均人物众多，线索复杂，自战场到家庭来回穿梭。值得注意的是，《战争与和平》写了四大家族，《生活与命运》虽然仅以沙波什尼科夫一家为主要描写对象，却也是以他们家的四个小家庭及其相互关系为叙事线索的。两位作家笔下的形象有虚构的普通人，也有真实的历史人物：托尔斯泰写到了拿破仑、库图佐夫、亚历山大等，格罗斯曼也描写了斯大林、希特勒、日丹诺夫等，但他们着重塑造的人物却都是那种始终处于高度精神和道德探索中的人，叶尼娅·沙波什尼科娃就像是娜塔莎·罗斯托娃，而施特鲁姆和莫斯托夫斯科伊等也重走了彼埃尔和安德烈的心路历程。两部小说都有广阔的时空构架：《战争与和平》从莫斯科和圣彼得堡写到奥地利和法国，时间跨度达十五年之久（1805—1820）；《生活与命运》虽然集中描写斯大林格勒战役，可作者通过主人公们的前史和回忆，将叙述的时空拓展开来，写到了十月革命、集体化运动、1937年大清洗等，叙事时间甚至超出《战争与和平》，叙事空间则同样在国内国外（德国）、城市和乡间往复穿梭。两部小说都是俄罗斯某一特定历史阶段民族生活的文学全景图。

最后，两部小说同样是壮阔的叙事、强烈的抒情和深邃的思索这三者的有机结合，将"和平"时期的"生活"和"战争"时期的"命运"勾连在一起的，是其作者关于生与死、爱与恨、善与恶、罪与罚、个人与历史、自由与专制等永恒问题的深刻思考。

我们将《生活与命运》与《战争与和平》比较，既因为托尔斯泰的史诗对格罗斯曼的小说产生了直接的影响，也由于《生活与命运》这部小说自身的巨大意义。两部创作时间相距百年的长篇小说，相互之间居然存在着如此紧密的渊源关系，这构成一个饶有兴味的文学史话题。然而，将《生活与命运》与《战争与和平》相提并论,并不是为了搜寻两部小说的"互文性"关系,更不是在暗示格罗斯曼创作的"模仿性"。与此同时,我们也不应忽略这两部作品之间的某些差异,比如两部小说在总体调性上的差异。就总体风格而言,《战争与和平》可以说是乐观的,正面的,是凯旋的教谕,而《生活与命运》则是悲剧的,是具有反省、申诉意味的思考。写作《战争与和平》时的托尔斯泰正处于壮年,而写作《生活与命运》时的格罗斯曼已年近六旬;《战争与和平》是托尔斯泰的第一部长篇小说,而《生活与命运》则是格罗斯曼的最后一部大型作品;两位作家所处的生活时空、他们进行创作的时代和社会语境也大不相同,而作家所处的文化时空往往能在一定程度上决定作家的创作态度和创作内容,并进而影响到其风格和调性,对这两部伟大作品的比较,能让我们更清晰地意识到这一点。不过,这一差异不仅没有拉大这两部小说之间的距离,反而让它们更为相近了,因为它们都是它们所表现的那个时代之真实可靠的、不可替代的艺术记录。

一部抒情哲理史诗

《生活与命运》无疑像大多数人认定的那样是一部"反极权主义之作",其核心命题就是专制制度下人的自由的问题。作者将20世纪苏联和德国的社会体制、苏联的劳改营和德国的集中营相提并论,两个激烈交战的国家其实性质相同。专制制度敌视自由,要求顺从,"在这个时期暴露出来的人类天性最惊人的一个特点就是顺从","这种顺从说明有一种新的可怕的力量对人产生影响。极权社会的超级暴力,足以造成所有大陆上人类灵魂的麻痹"。第一部第五十节专制和战争这两个极端环境的相互叠加,使小说中的人物遭遇到命运的摆布。然而,在面临厄运的时候如何保持住人的生活,这才是作家思索的重点。"一个生命的灵魂保持其独立性,便是自由。宇宙在人的意识中的反映是人的力量的基础,但是,只有当一个人作为一个在时间的长河中永远无人可以模仿的世界而存在时,人生才是幸福,才是自由,才是最高的目的。只有这样,一个人才能感到自由和善良的幸福,才能在别人身上找到在自己身上找到的东西。"(第二部第五十节)由此,个人选择的问题便被摆到了每个人的面前。核物理科学家施特鲁姆得到了国家的器重,可他却感觉到,"一种欲使他沦为奴隶的力量在不断增强",他不断地做出自觉的抵抗,就像契诃夫在写给苏沃林的信中所说的那样,在"一点一滴地从自己的身上挤出奴性",最终获得了内在的精神自由;落入集中营的托尔斯泰主义者伊康尼科夫在牺牲自己和参与屠杀(哪怕是间接地、不会承担任何责任地参与)之间抉择:他宁愿被处死也不去修建毒气室;索菲娅的医生身份本可以使她暂时躲开死神,只要她在纳粹军官点名时上前一步,可她却毅然决然地与其他犹太人一同走进毒气室……诸如此类的选择并不仅仅只出现在苏联的极权社会和纳粹的集中营,在人类历史的各个阶段,在体制不同的各个国家,人们都有可能面临此类艰难抉择,即个人自由与环境胁迫的对立,而这又几乎是有史以来一切文学杰作所诉诸的重要主题之一。后来,在《生活与命运》的姐妹篇《一切都在流动》中,格罗斯曼继续并深入了他关于自由的思考。

在《生活与命运》这部抒情哲理史诗中,与深刻的思考构成双璧的是浓烈的抒情。这是一种辽阔厚重的抒情,也是一种悲凉沧桑的抒情,它与作者力透纸背的思想力量相互交织,营造出醇厚的史诗感。德国集中营里的苏联囚犯看到下雪,"天快亮时下了一场雪,直到中午也没有化。俄罗斯人感到又欢喜又悲伤。这是俄罗斯在思念他们,将母亲的头巾扔在他们的苍白而痛楚的脚下,染白了棚屋顶,远远看去,一座座棚屋很像家乡的房屋,呈现出一派乡村气象"。(第一部第四节)柳德米拉清晨在伏尔加河上的轮船上醒来,她看到:"黎明渐渐近了。夜雾在伏尔加河上飘荡,似乎一切有生命的东西都沉没在雾中。忽然跃出一轮红日,好像又迸发出希望。蓝天倒映在水中,阴郁的秋水呼吸起来,太阳也好像在浪花上雀跃……大地是辽阔的,大地上的森林看去也是无边无际的,其实既能看到森林的头,又能看到森林的尾,可大地是无穷无尽的。像大地一样辽阔、一样长久的,是痛苦。"(第一部第二十六节)小说第二部的结尾是这样的:"死去的飞行员在积雪覆盖的小丘上躺了一夜。寒风凛冽,星光灿烂。黎明时的小丘变成粉红色,飞行员躺在粉红色的小丘上。后来吹起贴地的搅雪风,尸体渐渐被雪埋住。"而在整部小说的最后,叶尼娅和诺维科夫挽着手走在宁静的森林里："在这种宁静中,会想起去年的树叶,想起过去的一场又一场风雨,筑起又抛弃的窠巢,想起童年,想起蚂蚁辛辛苦苦的劳动,想起狐狸的狡诈和鹰的强横,想起世间万物的互相残杀,想起产生于同一心中又跟着这颗心死去的善与恶,想起曾经使兔子的心和树干都发抖的暴风雨和雷电。在幽暗的凉荫里,在雪下,沉睡着逝去的生命——因为爱情而聚会时的欢乐,四月里鸟儿的悄声低语、初见觉得奇怪、后来逐渐习惯了的邻居,都已成为过去。强者和弱者、勇敢的和怯弱的、幸福的和不幸的都已沉睡。就好比在一座不再有人住的空了的房子里,在和死去的、永远离开这座房子的人诀别。但是在寒冷的树林中比阳光明丽的平原上春意更浓。在这宁静的树林里的悲伤,也比宁静的秋日里的悲伤更沉重。在这无言的静默中,可以听到哀悼死者的号哭和迎接新生的狂欢……"

生不逢时而又恰逢其时

《生活与命运》是生不逢时的,它因而在作者的祖国被打入冷宫近三十年;但格罗斯曼无疑生逢其时,因为他将自己的生活幻化成不朽的艺术作品,史诗般地记录、再现了 20 世纪特定历史阶段俄罗斯民族乃至整个人类的命运。《生活与命运》一书在西方掀起的热潮如今已有所衰退,因为随着苏联的解体,对于格罗斯曼及其《生活与命运》等作品的过于意识形态化的解读已经不太能吊得起大众的阅读胃口。仅将《生活与命运》

视为一部反极权制度的作品，这其实在一定程度缩减了这部巨作的普遍意义和恒久价值。而在当今俄罗斯，格罗斯曼似乎也尚未获得恰如其分的文学史定位。西方赋予他的犹太文学英雄身份，有时反而让他在俄罗斯处境微妙；在给 20 世纪俄国文学受难者"封圣"的过程中，既非持不同政见者、又无坐牢和流放经历的格罗斯曼似乎也不是标准的候选人。然而，纵观格罗斯曼的整个创作，我们不难看到一个良心的儿子从懵懂逐渐走向清醒的经历，不难听到真理的声音起先模糊、然后逐渐清晰起来的过程；细读他的《生活与命运》，我们不难感觉到，格罗斯曼的想象和思考均具有超越时空的全人类意义。如今我们应该意识到，单就小说创作而言，格罗斯曼无疑是出类拔萃的，他应与高尔基、肖洛霍夫、帕斯捷尔纳克、布尔加科夫、普拉东诺夫和索尔仁尼琴等人并列，被视为 20 世纪最伟大的俄语小说家之一。

《生活与命运》在中国似乎也生不逢时，早在 1989 年，由严永兴、郑海凌合译的《生存与命运》即由工人出版社推出，之后又相继出现两个译本，即力冈所译《风雨人生》(漓江出版社 1991 年版)和翁本泽所译《生活与命运》(上海译文出版社 1993 年版)。篇幅如此之大的小说在短短三四年间竟然出版数种译本，这三种译本还都销量不错，但是在当时中国译介外国文学的空前热潮中，在俄语文学中的回归文学、侨民文学、白银时代文学铺天盖地地涌入中国的接受语境中，《生活与命运》仅被视为回归文学作品之一种，其独具的现实意义和美学价值反而被屏蔽了，未及得到充分的估量和评判；但格罗斯曼在中国无疑也是恰逢其时的，我们实有必要重新阅读格罗斯曼，重新出版《生活与命运》，因为格罗斯曼在《生活与命运》中所思考的问题对于我们而言仍不乏现实意义。

Ⅲ　二十世纪下半期以来

大自然的忧伤侦探

——读阿斯塔菲耶夫的散文

俄罗斯文学的自然传统

阿斯塔菲耶夫在 1987 年发表了一部小说,题目叫《忧伤的侦探》,小说的内容是一位名叫列昂尼德·索施宁的警察的生活经历以及他关于生活的思考,这部写于上世纪 80 年代的小说调性低沉,充满思索,在小说的结尾,一度离开主人公的妻女又回到他身边,深夜,他被女儿斯薇塔的鼾声惊醒,他走到熟睡中的女儿身边,激动万分,跪在床边,轻轻地把脸颊贴在女儿的脑袋上,"沉浸在甜蜜的痛苦和复活般的、具有生命创造力的忧伤之中"。最近重读广西师范大学出版社新版的阿斯塔菲耶夫的《鱼王》(夏仲翼等译)和《树号》(陈淑贤、张大本译)两书,与二三十年前的阅读感受有很大不同,当时关注更多的是阿斯塔菲耶夫作品的"乡村散文"的流派属性,是其生态意识和道德劝谕等主题归纳,而如今最打动我的,却是阿斯塔菲耶夫在面对

157

人和自然时的这种"甜蜜的痛苦和复活般的忧伤"。在《树号》中的《叶赛宁的忧伤》一文中，阿斯塔菲耶夫自己也曾将这一情感称作"苦涩的欢乐"和"净化的悲痛"。无论是"甜蜜的痛苦"还是"苦涩的欢乐"，无论是"复活般的忧伤"还是"净化的悲痛"，在阿斯塔菲耶夫这里都不仅仅是一种文字上的矛盾修饰，甚至也不是指抒情主体的一种双重情感，而是指人在面对自然、审视自然时持有的一种态度，一种自然观和世界观。

就对人与自然之关系的持续关注以及这一关注所获得的杰出的艺术呈现而言，阿斯塔菲耶夫无疑是俄国文学中一个强大传统的继承人。在他之前，果戈理的"乡村夜话"、屠格涅夫的"猎人笔记"、阿克萨科夫的"渔猎札记"、契诃夫的"草原故事"、普里什文的"大自然的日历"和帕乌斯托夫斯基的"金蔷薇"，以及与阿斯塔菲耶夫同时代的索洛乌欣的"一滴水"和"掌上珠玑"等，已经在俄国文学中建构起一种主题相对集中、风格约略近似的文学范式，即用优美抒情的笔触描绘俄国大自然的壮阔优美，以宽厚仁爱的感情面对生活在这一自然中的人，在与自然的对视和对话中获得情感和思想的升华。可以说，这样一种文学已经成为俄国文学的一大收获，一种特色。阿斯塔菲耶夫无疑是俄国文学的这一传统在 20 世纪下半期最成功、最典型的显现，而他对这一深远传统的丰富和发展，似乎就在于他在人与自然的关系中注入了更多的忧伤，更多的内省。诚然，我们在屠格涅夫的《猎人笔记》和契诃夫的《草原》中早已体验过这样的忧伤，我们尤其记得契诃夫在《草原》中写下的一段话："仿佛草原知道自己孤独,知道自己的财富和灵感对这世界来说白白荒废了,没有人用歌曲称颂它,也没有人需要它。"也就是说,草原的财富和灵感的"白白荒废",说到底还是人的麻木,是社会环境的恶劣。但是,阿斯塔菲耶夫却将他面对大自然时的忧伤普遍化了,或者说,他将大自然中的忧伤当成了一个重要的描写客体。他时刻带着一双忧郁的眼睛打量自然,时刻体味着大自然无处不在的忧伤和痛苦,就像是一位"大自然的忧伤侦探"。

甜蜜的痛苦和复活般的忧伤

在他的笔下,大海是忧伤的:"大海见过世面,大海仿佛银白眉毛的老者阅历很深,所以它才忧伤多于快乐。"(《故乡的小白桦》)天空也是忧伤的:"天空,它虽然忧愁、痛苦,却一直念念不忘人间和田园。"(《麦田上霞光闪烁》)河边的古树是忧伤的:"这棵古树年轮最多,瘦骨嶙峋,而且满面愁云。"(《水下公墓》)脚下的大地也是忧伤的:"我可爱的土地入睡了,它睡得很沉很沉,由于过分疲劳而大声喘息,鼾声不止。灾难和欢乐、爱情和仇恨都飘荡在我可爱的土地上。"(《俄罗斯田园颂》)在"秋之将至"的时候,他看见:"疲惫和担忧笼罩着自然界,接踵而来的是全然融入秋色,是依依不舍地与温暖告别。"(《秋之将至》)在雪后的花楸树下,他发现:"深红色的羽状叶从树上凋落,沙沙作响,声音哀婉凄凉,它们落在洁白但不耀眼的雪地上,感到孤独,充满忧伤。"(《绿色的星星》)在一片被践踏过的森林,他感觉"它(指森林。——引者按)拼命想用蘑菇的伞形菌盖遮掩住创伤和疮痍。"(《叶飘零》)他看到一片落叶,把它接在手中,开始"体味一下这一小片弱不禁风的桦树叶的淡淡哀伤"。(同上)在《鱼王》中,那只无辜地被押解犯人的士兵开枪打死的名叫"鲍耶"的狗,"最后跟人一样悲痛地叹了一口气,死了,好像是在可怜谁,或者责怪谁"。(《鲍耶》)《鱼王》是一出由人所导致的大自然悲剧,被滚钩缠住的鱼王成功地逃脱,但身负重伤的它只不过换了一种死亡的方式,捕鱼不成的渔夫伊格纳齐伊奇被自己布下的滚钩钩住,但最为忧伤的,还是痛心疾首地目睹并再现这一场景的作者。人们爱读《鱼王》,在很大程度上就是在怜悯那条大鱼,就是在怜悯以那条大鱼为象征的自然。那条大鱼的忧伤,《鱼王》及其作者的忧伤,于是也就成了我们的忧伤。正是这种弥漫在《鱼王》字里行间的忧伤,使得《鱼王》与海明威那洋溢着胜利者乐观豪情的《老人与海》拉开了距离。无处不在的忧伤,铺天盖地的忧伤,这种情感就像契诃夫在《苦恼》中描写主人公约纳的"苦恼"时所写的那样:"那种苦恼是广大无垠的。如果约纳的胸膛裂开,那种苦恼滚滚地涌出来,那它仿佛就会淹没全世界。"(顺便说一句,这里的"苦恼"原本也可以译成"忧伤"。)

阿斯塔菲耶夫说,面对一株渐渐凋零的白桦树,他之所以能"嗅到了一股令人怆恨伤怀的苦涩气息","不是凭听觉、视觉,而是凭着我身上还没有泯灭的对大自然的某种感应"。

(《叶飘零》)与"大自然的某种感应",让我们联想到了普里什文所说的对大自然"亲人般的关注"。阿斯塔菲耶夫如此执着地描写大自然的忧伤,他能如此细腻精准地写出大自然的忧伤,首先就是因为他与大自然有着超乎常人的亲近关系。他和普里什文一样,对大自然怀有亲人般的情感,他不是在居高临下地保护自然,不是在给自然以赐予,而是永远以一种平等的态度看待自然,在自然之中,他不是局外人和旁观者,而就是自然中的一员,是自然中的自家人。当然,阿斯塔菲耶夫能够关注到大自然本身的忧伤,并加以艺术的呈现,这也与他的审美方式和创作方法有关。阿斯塔菲耶夫或许可以被称作一位"悲剧作家",他总是悲天悯人的,他善于以品味忧伤的方式接近自然,亲近自然,与自然形成一种"患难与共""患难之交"的关系,这其实也是他对自然所持的一种独特的审美态度。对忧伤的体验,"你的痛苦我承担",是俄罗斯人、是基督徒面对包括自然、包括人生在内的整个世界常有的一种态度。体验忧伤,将忧伤上升到审美的范畴,这也是人类艺术由来已久的一种处理方式。最后,阿斯塔菲耶夫面对自然的态度,当然是他自我情感的主观投射,他将对自然的态度当成一种生活态度,一种世界观,他试图告诉世界,面对自然的态度就是面对人的态度,反过来,与自然的和谐相处是人的道德必修课,是一个人完满成长的必要前提之一。他认为,欢乐是少不更事的,而忧伤则是老成持重的:"忧伤像个明智的成年人,它已经存在千百万年了。欢乐则永远是童蒙稚年,天真烂漫,因为它在每个人的心灵中获得新生，年事越长，欢乐就越少，犹如花朵，林子越密，花就越少。"(《一滴水珠》)能体验到自然界中的忧伤，既是一种更深刻的面对自然的态度，也是一种更积极的道德自省，它代表人的情感深度和道德境界。总之，阿斯塔菲耶夫在大自然中看到的无处不在的忧伤，首先是他对大自然的悲悯之情，其次是一种审美方式，最后是一种道德升华。

阿斯塔菲耶夫面对自然的态度会促使我们思考这样一些问题：自然界的万物为什么就一定是欢乐的呢？一棵树、一株草为什么就不会有它的忧伤呢？忧伤可以是欢乐和甜蜜的吗？忧伤能让我们失去什么，又获得什么？阿斯塔菲耶夫在给我们设置了这许多谜一样的问题之后，却在《鱼王》的结尾告诉我们："我究竟在寻求什么呢？我为什么痛苦？由于什么原因？为了什么目的？我找不到回答。"(《我找不到回答》)没有答案，其实也是一种答案，他这是在提醒我们继续寻找，寻找仅仅属于我们每个人自己的答案。

他在《树号》的序言中写道："失去了思想的生活，失去了'思考和痛苦'的生活，就是空虚的生活、卑微的生活；有的时候，尽管已是成年，在痛苦之中发现了似乎是身边平常的真理，这真理充满了伟大的意义：'我们热爱的一切事物和一切人都是我们的痛苦……'"他称"一切事"和"一切人"都是"痛苦"，当然不是指他遇见的一切事都是"灾难"，他遇见的一切人都是"灾星"，而是指他试图、也能够在一切事和一切人中品味出值得痛苦的东西。这种痛苦是发人深省的东西，因而让人成为思想的动物；这种痛苦是让人心软的东西，因而让人成为善良的动物。在《鱼王》中也有能与这段话构成呼应的文字："儿女是我们的幸福，是我们的喜悦，是我们光明的未来！但儿女也是我们的痛苦！是我们永难摆脱的忧愁！儿女，是我们接受人世审问的法庭，是我们的镜子，在这面镜子里，我们的良心、智慧、真诚、贞洁———一切都一览无余。"他说儿女是"痛苦"和"忧愁"，当然不是指儿女的不孝和啃老，而是指通过人们对儿女的态度，可以窥见他们的道德和精神世界。大自然对于阿斯塔菲耶夫来说，也是这样的镜子，也就是他的"儿女"。

阿斯塔菲耶夫在《隔海不隔音》中写道："他人的痛苦成了我的痛苦，他人的哀怨成了我的哀怨。在这样的时刻，我清楚地意识到：我们，所有的人在这个世界上是一个不可分割的整体。"同样，体验到了大地的痛苦，体验到了自然的哀伤，也就是与大地和自然融为了一体。"真希望和大地一起肃静一会儿，我怜悯自己，不知为什么也怜悯大地。"（《秋之将至》）好一个"怜悯大地"！一个自然之子的巨人形象就这样在我们眼前缓缓地站立了起来。

阿斯塔菲耶夫曾这样写到叶赛宁的忧伤："他一次同时承受了自己人民的万般痛苦，他为所有的人们，为一切有生命的物体承担了我们全都难以忍受的、异乎寻常的忧伤。我们常常在自己身上也听得到这种无言的忧伤，所以我们对这位出生于梁赞省青年的诗感到特别亲切，非常倾慕。他为世人承受的忧伤，在我们的内心深处一次再次地引起共鸣，他的疼痛和郁闷撞击着我们的灵魂。"(《叶赛宁的忧伤》)我们阅读阿斯塔菲耶夫,一如阿斯塔菲耶夫阅读叶赛宁,因为阿斯塔菲耶夫也在承受所有人、所有存在的忧伤,也在用他的疼痛和郁闷撞击我们的灵魂!

《一天》长于百年

——读索尔仁尼琴的《伊万·杰尼索维奇的一天》

"编"出来的题目

索尔仁尼琴一向反对编辑和出版人改动他的作品,尤其是作品的题目。1964年,在《新世界》杂志就发表《癌病房》事宜进行讨论时,杂志主编特瓦尔多夫斯基提议把小说更名为《病人和医生》,这遭到索尔仁尼琴断然拒绝。作家后来在带有自传性质的作品《牛犊顶橡树》中写道:"真是乱弹琴!病人和医生!我拒绝了。恰到好处的书名,甚至短篇小说的名字,无论如何都不是偶然得来的。书名是心灵的一部分,是本质,它是生来就有的,改变书名已经是伤害作品了。"

索尔仁尼琴这一次敢于"拒绝",是因为他此时已经由于中篇小说《伊万·杰尼索维奇的一天》的发表而成为一位当红作家,有了讨价还价的资本。然而殊不知,他这篇轰动苏联乃至整个世界的作品,其标题却恰好就是《新世界》的编辑们给改出来的。1961年11月,梁赞州的中学数学教师索尔仁尼琴怀揣着他在"秘密写作"状态中创作的一篇小说来到莫斯科的《新世界》编辑部。这篇题为《854号劳改犯》的小说因触及"集中营"这一当时文学的禁忌题材,能为苏共二十二大之后反对"个人迷信"的社会舆论添加薪火,而被特瓦尔多夫斯基看中,决定予以发表。在前面提到的《牛犊顶橡树》中,索尔仁尼琴这么写道:"建议我把短篇小说改称为中篇小说,这样'分量更重'一些。好吧,就叫它中篇小说也未尝不可。特瓦尔多夫斯基还不容反驳地说,这部中篇如果叫《854号劳改犯》就永远也不会出版。我不了解他们有缓和和冲淡作品标题的癖好,所以也没有坚持。隔着桌子交换了初步看法,在科佩列夫的参加之下,一起编了一个标题:《伊万·杰尼索维奇的一天》。"当然,这个题目也并非完全是"集体的智慧",在索尔仁尼琴原来那个题目《854号劳改犯》的后面,原本就有一个放在括号内的副标题:《一个劳改营犯人的一天》。

　　幸亏作者当时"也没有坚持",这个临时"编"出来的题目似乎并不比原来的差。懂俄语的人应该能从小说标题的原文"Один день Ивана Денисовича"中读出这样两层很难在译文中表达出来的含义:首先,在具有单、复数形式的俄语中,день原本就是"一天",这里却又加上了一个"一"字,构成一个绕口令式的один день,其目的无疑是在进一步强调故事发生时间的短暂和具体;其次,故事的主人公姓舒霍夫,可他在标题中却是以名字加父称的形式出现的,这样的称呼在俄语中通常是带有尊敬之意的,而身为囚犯的舒霍夫似乎不配这样的尊称,即便在他被捕之前,作为普通农民和士兵的舒霍夫,恐怕也很少有机会听到别人这样喊他。通过高度的浓缩来再现一个时代以及一代人在这个时代的遭遇,对普通人的尊重以及对其命运的深切同情——这正是索尔仁尼琴的小说《伊万·杰尼索维奇的一天》(以下简称《一天》)的特征和精华所在。上世纪80年代初,在中国知名度颇高的苏联吉尔吉斯族作家艾特马托夫曾写了一部题为《一日长于百年》的长篇小说,他的这个小说标题倒是可以被我们"借用"过来,以说明索尔仁尼琴这篇小说的阅读价值和历史意义。

酝酿十年的"处女作"

《一天》的篇幅不长,译成中文还不到十万字,如上所述,索尔仁尼琴是在编辑的要求下才很不情愿地在这篇作品上注明"中篇小说"字样的,而他自己始终认为这是一个短篇小说,只不过篇幅稍大一些而已。《一天》的写作也很迅速,只用了一个月左右的时间(有的材料说写了三个星期,有的说写了四十天)就完成了。小说写于1959年,在这之前,索尔仁尼琴早已有过文学创作尝试,但这篇发表在《新世界》杂志1962年第十一期上的小说却是作家所有作品中面世最早的一部。

写作《一天》时的索尔仁尼琴已经四十二岁,过了中国人所谓"不惑之年",也就是说,索尔仁尼琴的世界观当时业已形成,他之写作《一天》，恐怕既是在展示自己的经历，更是在表达自己的思想。《一天》虽然是在很短的时间里写成的，但据作家本人回忆，这部小说的创作史却相当漫长，在 1950 至 1951 年之交的那个冬天，服刑中的索尔仁尼琴就一直在构思这篇小说，只不过劳改营里的条件不可能让他把小说落实在纸张上。直到 1959 年，在社会形势和生活条件均发生很大变化之后，索尔仁尼琴这个打了近十年的"腹稿"才终于瓜熟蒂落。因此，我们也许可以说，索尔仁尼琴这个篇幅不大、写作也颇为顺利的"处女作"，却是作家半辈子坎坷命运的缩影。对于索尔仁尼琴来说，他的《一天》是由他自己无数个充满心酸和苦难的日子结晶而成的。

普通囚犯的"普通"一天

《一天》写的是主人公舒霍夫在劳改营里的"一天"，严格地说，还只是从他的起床写到他的就寝。早上五点钟起床的时候，舒霍夫就感到不舒服，可他还是因为起床动作慢了点被罚去给看守们擦地板。在医务室他没有得到治疗却受到威胁，于是，在喝下一碗不热的稀汤之后，他和其他犯人一起在零下二十七点五摄氏度的严寒中被赶到一处工地，干了一天重活，来回途中还遭遇数次严格的搜身，在临睡前又遭遇两次"点名"，之后舒霍夫终于"用没有洗过的薄薄的棉被把头蒙上"。然而，这样的"一天"却是舒霍夫的一个好日子，在小说的结尾，作者对舒霍夫的"一天"做了这样的总结：

> 舒霍夫心满意足地入睡了。他这一天非常顺当：没有被关禁闭，没把他们这个小队赶去建"社会主义小城"，午饭的时候赚了一钵粥，小队的百分比结得很好，他舒霍夫砌墙砌得很愉快，搜身的时候锯条也没有被搜出来，晚上又从采扎尔那里弄到了东西，还买了烟叶。也没有生病，挺过来了。
>
> 一天过去了，没碰上不顺心的事，简直可以说是幸福的一天。

不过，紧接在这段话之后出现的两行字，却彻底颠覆了这种"幸福"的感觉：

> 这样的日子他从头到尾应该过三千六百五十三天。
> 因为有三个闰年，所以得另外加上三天……

舒霍夫的被关押，是由于他在 1942 年 2 月的西北战场上因全军被围而"在森林里当了两天俘虏"，而且这还是他事后自己主动"坦白"的。而他周围的人，几乎全都是因为莫须有的罪名被关进劳改营的：海军中校布伊诺夫斯基因为收到了曾一同作战的英国海军军官寄来的礼物；还未成年的戈普契克因为往森林里给宾杰里人送过牛奶就被判了"跟成年人一样"的刑期；

阿廖什卡则仅仅由于他信仰上帝而被抓了进来……他们的刑期或为十年，或为二十五年，他们的每一天都将这样缓慢地熬过！

　　小说的情节被压缩在一个封闭的空间和短暂的时间之中。劳改营的营房和囚犯们干活的工地，这是小说中仅有的两个空间，而且是两个都围着铁丝网、都有荷枪实弹的哨兵看守的空间，在这两个封闭空间之间的出入，不仅没有使犯人们（以及读者们?）的心理空间有所扩大，反而更加强化了他们的不自由感觉。小说的情节发展十分缓慢，甚至会让人感到难耐和枯燥，其中的一分一秒似乎都是被放大、被延长的，而这正是劳改营犯人真实感受的再现。这"一天"是短暂的，也是无比漫长的，是浓缩的，也是无限扩张的。这样的小说空间和时间处理方式不仅使《一天》成了劳改营残酷现实的真实再现，而且还使这"劳改营中的一天"具有了某种概括性的象征意义，正所谓"以小见大""从具体到普遍"，就像阿格诺索夫在《20 世纪俄罗斯文学》中所说的那样，索尔仁尼琴"讲到了一天、一件事、一户院子……但亚·索尔仁尼琴的一天、一家、一事（此处所言"一天、一家、一事"，指的是《伊万·杰尼索维奇的一天》《玛特辽娜的家》和《科切托夫卡车站上的一件事》三部作品。——引者按），是一种提喻，指向善与恶、生与死、人与社会的关系"。作家西蒙诺夫也说过："它（指《一天》。——引者按）仅仅描写了一天的生活，但作者想要说的关于斯大林个人迷信时期那些痛苦而黑暗的篇页的一切最主要的东西，全都包括在这一天中了。"

《一天》所具有的象征性,还由于主人公舒霍夫形象的典型性而得到进一步强化。据说,在《一天》的人物当中只有这个人物是虚构的,"是由众多人物提炼而成,一个是索尔仁尼琴指挥过的前线炮兵营的战士,一个是854号犯人,即索尔仁尼琴自己"。(《20世纪俄罗斯文学》)作者没有让自己来担当小说的主人公,却让一个普通的农民士兵出场,大约是想突出劳改营中人物之命运的普遍意义。

让人感到有些奇怪的是,在《一天》发表前后,对于舒霍夫这个形象的肯定却大多是由于他的"农民身份"和"劳动素质"。据索尔仁尼琴自己说,《一天》当初之所以引起特瓦尔多夫斯基的注意,正是因为这是"一个乡下人眼中的劳改营,很有一点民间意味","我不敢说这是精心安排的计划,我只是有一个可靠的预感:身居高位的乡下人亚历山大·特瓦尔多夫斯基和最高当局的乡下人尼基塔·赫鲁晓夫对于伊万·杰尼索维奇这个乡下人不会无动于衷。预感得到了应验:甚至不是诗歌,甚至不是政治决定了我的小说的命运,而是一种真正的乡下人精神,是伟大的转折以来或更早一些时候起,我们这里就有的被人嘲笑、践踏和责骂的乡下人精神"。(见《牛犊顶橡树》)赫鲁晓夫在皮聪大的别墅里听当时苏共宣传部门领导人列别杰夫亲自朗读《一天》时,最喜欢的也是"伊万·杰尼索维奇怎样保护了灰浆"的劳动场面。他们欣赏舒霍夫的"劳动人民本质",但他的"劳动"是被迫的,这一点却似乎没有引起他们更多的关注。当然,之后一些俄罗斯学者的相关解释也不无道理:即便在劳改营这样的非人环境中,舒霍夫依然保持着俄罗斯人的传统美德,例如从不装病、坚持不舔盘子、不捡烟头、珍惜粮食、心灵手巧、爱惜东西等。但是,若以这类美德标准来看待舒霍夫,又如何解释他两次骗饭吃、在工地偷油毡(尽管目的是为小队遮挡窗户)、偷带锯条(为的是加工成小刀卖给别人)等行为呢?把舒霍夫理解为一个十全十美的"正面人物",自然是可笑的,这或许也并非索尔仁尼琴塑造这一人物的初衷。总之,因为舒霍夫会干一手漂亮的活儿就像赫鲁晓夫那样欣赏他,和由于他在劳改营中"不抵抗"的"消极"行为而谴责他一样,都是可笑的;认为舒霍夫是俄罗斯人传统美德之化身的观点,也与把舒霍夫视为索尔仁尼琴之自画像的看法一样,多多少少是有些不恰当的。在我们看来,舒霍夫就是苏联时期劳改营里一个普通的囚犯,正是这个普通人的"普通"遭遇,以及他对于这种遭遇的"普通"态度,才构成了这个文学形象的普遍意义。小说中有这样一段话:"此刻舒霍夫一无所怨,他既不怨坐牢的时间太久,也不怨一天的日子太长,更不怨星期天又取消了。现在他觉得能熬过去!谢天谢地,能熬过去,能熬到头!"舒霍夫的态度似乎在传达这样一个命题:对苦难的忍受也表现为一种尊严,面对不公正的命运,活下去就构成一种抗议,一个胜利。

《一天》中诞生的作家

作为个人经历之缩影的《一天》,自然具有很强的自传色彩。小说最初题为《854号劳改犯》，而"854"的确就是索尔仁尼琴本人在劳改营里的编号。索尔仁尼琴自己也从来不否认《一天》写的就是他自己的亲身经历，因为他多次声称他就是想通过这篇小说来揭露劳改营里的"真相"。然而，《一天》毕竟不是一篇报告文学，而是一部文学作品，而且是一部很成功的文学作品。无论是在索尔仁尼琴本人的创作还是整个20世纪的俄语文学中，这部作品都占据着一个显赫位置，有着十分深远的影响。

《一天》是在苏联公开发表的第一部以苏联劳改营为描写对象的文学作品，开了20世纪俄语文学中所谓"劳改营文学"的先河，为俄语文学中深厚的人道主义传统在20世纪下半期的延续和发展做出了很大贡献。《一天》只写了舒霍夫和他的狱友们短暂的"一天"，但这"一天"却构成了20世纪俄语文学中的整整一个时代。

在索尔仁尼琴本人的创作中，《一天》更是一部真正意义上的奠基之作。《一天》标志着索尔仁尼琴作为一位作家的诞生，是他在俄语文学中的第一次亮相，同时，它似乎也在某种程度上勾勒出了索尔仁尼琴之后的创作发展轨迹，为他的作品风格确定了一个基调。从内容上看，《一天》的"劳改营题材"后来几乎成为贯穿索尔仁尼琴整个创作的母题，索尔仁尼琴后来陆续发表的小说，无论是《第一圈》还是《癌病房》，无论是《古拉格群岛》还是《红轮》，都可以说是劳改营题材的扩大或深化。

从形式上看，《一天》也构成了索尔仁尼琴小说风格的先声。《一天》体现出这样几个创作特色：首先是严格的写实性。小说中的情节发生地以索尔仁尼琴曾被囚禁其中的一个劳改营为蓝本，作品中的人物除主人公舒霍夫外，也的确都是作者在狱中的难友。为了以"赤裸裸的"真实给人以震撼，作者几乎把他的小说场景变成了一幅历史地图，一张新闻照片。其次是细节的真实。索尔仁尼琴的小说手法中最突出的特征之一就是细节的蒙太奇，他借鉴电影的表现手法，用一连串镜头的叠加来强化效果。《一天》中的情节完全是由这样一些细节串联而成的。比如，因犯们吃饭时仔细地捞汤里的碎鱼，出工前执着地看严寒中的温度计，舒霍夫和难友们的砌墙过程等。最后是叙述的调性。《一天》的叙述角度很独特，作者似乎不仅仅是一个第三人称叙事者，作品中还时常掺有主人公自己的声音，有人将此称为"由主人公的非直接引语向作者的非直接引语"的"过渡"，有人因此将索尔仁尼琴的小说称为真正的"复调小说"。但无论是哪种叙述声调，却又都体现出一种从容和镇定、坦然和真诚，就像是真实自身发出的声音。更为重要的是，无论是身处劳改营的舒霍夫，还是意在揭露劳改营之残酷的作者，都没有发出悲愤的怨诉和哀伤的哭泣，他们的态度似乎是从容的、坚韧的，甚至是庄严的，这样一来，这个篇幅不长的作品就具有了某种《圣经》般的风格，某种史诗的韵味。

熟悉索尔仁尼琴小说的读者不难看出，这些创作风格后来都程度不同地渗透进了作家之后的小说，《一天》在索尔仁尼琴整个创作中所具有的意义因此也就不言而喻了。《一天》为索尔仁尼琴的创作奠定了一个基调，也许可以说，作家之后的创作就某种意义而言都是《一天》的继续和发展。索尔仁尼琴造就了《一天》，而这"一天"则反过来又派生出无数个充满艰辛和喜悦、付出和收获的创作时日。

不会过时的《一天》

今天的读者或许已经很难想象《一天》当年发表之后所引起的轰动。小说在苏联当时发行量很大的文学杂志《新世界》上发表之后，迅速地被发行量同样巨大的《小说报》杂志转载，不久又推出单行本，可是，发行总数逾百万份的这三个"版本"依然难以满足读者需求，一时洛阳纸贵，小说被人们争相传阅，图书馆里预定这部小说的借阅者不得不在焦急中等待数周。《一天》的轰动，自然是那个时代苏联民间澎湃的政治热情和文学兴趣相互结合的产物。苏联时期，文学作品，尤其是具有强烈现实意义的作品，向来是人们热衷和推崇的对象，而在 20 世纪 60 年代初，随着反对"个人迷信"、倡导人道主义的思想运动的不断深入，人们更渴望在文学阅读中实现自由意识的释放，更何况，《一天》这种描写劳改营的"敏感"主题对于有过劳改营经历的人自然更有吸引力，会引起他们的强烈共鸣，而对那些没有此种体验的人而言，"劳改营"却又是一个惊人的"发现"，这既能在一定程度上满足他们对于铁幕制度下种种匪夷所思现象的好奇心，也能促使他们对身边的生活进行深入的思考。

但是，在《一天》的走红之中，"官方因素"无疑也发挥了极大作用。首先是《新世界》杂志的努力，主编特瓦尔多夫斯基敏锐地嗅出《一天》潜在的轰动性，并通过"上层路线"让当时的苏共领导人赫鲁晓夫看到这部作品。赫鲁晓夫为了给由他本人发起的反"个人迷信"运动再加一把火，亲自决定发表这部作品，甚至还为此专门召集一次苏共政治局全体会议。在小说发表后的一次中央全会上，赫鲁晓夫主动向与会者推荐此书，称这是"一本重要的和必需的书"，于是，每位代表在散会时腋下都夹着一红一蓝两本书，红色封皮的是全会的材料汇编，而蓝色封皮的就是刊载了《一天》的《新世界》杂志。可见，《一天》是作为官方的舆论工具而得到垂青和推广的，是特殊的时代氛围和社会环境造就了《一天》的辉煌。

时过境迁，《一天》所描写的特定时代以及使它轰动一时的社会背景均已成为历史，当年为其出版而出谋划策、竭力鼓吹的人大都已经作古，在这段时间内，读者也更替了不止一代，在这种情况下，索尔仁尼琴的《一天》还依然具有阅读的价值和意义吗？如今，我们究竟可以在索尔仁尼琴这里、在《一天》这部作品之中读到什么，不同的读者自然会有不同的读法，会获得不同的答案，但总的说来，《一天》的阅读价值至少有可能体现在以下几个方面：

首先，这篇纪实性的，甚至是"自传性"的作品可以帮助我们重温那段历史。二战前后的纳粹德国搞过集中营，让人意料不到的是，代表正义力量与之交战的苏联却同样搞起了集中营,两者的区别仅仅在于,纳粹的集中营主要是针对犹太人和战俘的,而苏联的集中营(劳改营)却主要是针对自己人,即苏联公民和曾被德军俘虏的苏军官兵!这种匪夷所思的场景折射出了那个时代的悲剧和那种体制的弊端,而其在文学作品中的再现和积淀则能时时给我们以警醒,让我们重温历史给我们的教益。

其次,作为一部反映现实的优秀作品,《一天》同时也是一部继承了俄国文学优良传统的杰作。《一天》既是"劳改营文学"的奠基之作,同时也是俄国文学道德传统的承接之作。十月革命之后,俄国批判现实主义文学的经典作家虽然继续得到推崇,但他们所主张的社会立场和文学方法在新的历史条件下却都受到一定制约,尤其在 20 世纪中叶,文学一时几乎成了歌功颂德的舆论工具,所谓"无冲突论"盛行一时。正是在这样的时代背景下,《一天》勇敢地揭露现实中的不合理现象,呼唤对人的尊重和同情,以一种独特的方式实现了与俄国传统文学的对接。陀思妥耶夫斯基在说"我们全都来自《外套》"的时候,所指的就是 19 世纪俄国作家对果戈理在小说《外套》中所体现出的人道精神的继承,就这一意义而言,20 世纪后半期的俄罗斯作家,尤其是那些直面现实、干预生活的作家,在很大程度上都是"来自《一天》"的。

最后,《一天》还具有某种更为概括、抽象的象征意义。舒霍夫在劳改营里度过的"一天",也完全可能以各种不同的表现形式为我们所遭遇。生存的艰难,环境的压力,人与人之间的不理解和隔膜，甚至敌意和残忍——所有这些并不仅仅存在于劳改营的高墙或铁丝网之内，我们甚至可以说，"劳改营"或许是无处不在的，我们的每个"一天"或许也同样都是对环境和命运的抗争，因此，《一天》或许并不仅仅是写给某个特定时代和特定社会的读者看的。每个看重人的尊严和人的价值的人，每个身处逆境却依然不屈服于命运的人，都肯定能在索尔仁尼琴的《一天》之中获得慰藉和启迪。

成长的烦恼和青春的记忆

——读阿克肖诺夫的《带星星的火车票》

窗台上的一小块天空

《带星星的火车票》，一个很有些费解的书名，原文为Звездный билет，其中的 звездный 是"星星"一词的形容词，有"星星的""星状的"之意，而 билет 则泛指一切"票""券""证"之类的东西，因此，这部作品的名称又有《星际旅行券》的别译，不过相比之下，《带星星的火车票》还是更确切一些，尽管这里所"带"的"星星"是双关的，不仅指天上的星星，也指剪票时打出的星状小孔，而那张票证就更不一定是"火车票"了，也许，译成《带星星的车票》更合适一些？

我们还是来看看小说中几处点题性的描写吧。

在第一部的第二章，主人公之一的哥哥维克多这样写到了"他的车票"：

　　我坐到窗台上,点起一支烟。在我的背后是"巴塞罗那"的庭院,再过去便是邻近的楼房,把整个窗户都遮住了。天空是看不见的。但如果在窗台上躺下来,便可以看到一小块长方形的星空。我现在也很想沉湎于我最喜爱的天地:在窗台上躺下,头枕着胳膊,什么念头也没有,静静地凝望着这块长方形的天空,它很像一张火车票。这是一张星孔的剪票器剪过了的票。仿佛在谁的诗里有过这样的比喻。任何人也不知道我的这张票。我对任何人也从来不提起它。甚至我自己也不知道,我是在什么时候发现它的。但许多年来,每当我感到十分疲倦的时候,便躺在窗台上,凝望着我的这张带星孔的票。

在弟弟吉姆卡出走之后,哥哥维克多在自己的斗室面对自己、面对女友舒洛奇卡,先后两次谈到了那"一小块长方形的天空":

　　这二十八年来我一直坐在自己的房间里,凝望被星星的剪票器剪过的车票。那里今天是什么星星呢?好像是天鹅座的尾巴……我凝望着窗外,有的时候我开始相信这张票毕竟是为我准备的。

　　我还把窗子里带星星的票指给她看。还对她解释,那儿是天鹅座的尾巴,虽然我相信那儿完全是另外一个星座。我还告诉她,这就是我的票。她竟完全懂我的意思了。

在小说的结尾,弟弟吉姆卡无意中躺到哥哥躺过的窗台上,于是也发现了这张票形的天空:

> 我仰卧在窗台上,凝望维克多曾经望过的一小块天空。突然我发现这一小块长方形的天空很像一张火车票,只是被星孔的剪票器剪过了。
>
> 真有趣。可不知维克多注意到这张票没有?
>
> 我凝望着天空,望着望着忽然天旋地转起来,一切的一切,生活中已发生的和即将发生的一切——一切都开始旋转,我已经分辨不清,躺在窗台上的究竟还是不是我。只是觉得许多具有高深莫测意义的真正的星星,在我头上不停地旋转起来。
>
> 不管怎样
>
> 这个现在就是我的带星星的火车票!
>
> 不论维克多注意到它没有,这总是他留给我的。票有了,但是往哪儿去呢?

原来,"带星星的火车票",就是兄弟俩躺在窗台上才能看得见的那"一小块天空",他俩把这片天空称为"我的车票",不仅因为这片长方形天空的形状像车票一样,而且在夜晚还可以看到其上那些像剪票器剪出的星状孔洞一样的星星,更是因为,这片天空对他们构成了某种呼唤,在呼唤他们脱离狭小的空间,走向更广大的宇宙,于是,这片车票状的天空也就成了青春之憧憬的对象,成了个性之自由的象征。因此,我们感觉到,《带星星的火车票》这个较之原文有些费解的中文译名,反而更多地传导出了某种幻想的色彩和朦胧的意味,似乎更贴近作家的本意了。

成长的烦恼

这部小说有两个主人公,即二十八岁的哥哥维克多和十七岁的弟弟吉姆卡。学习成绩一贯优秀的哥哥顺利进入研究机构,眼下正在撰写副博士论文,可是,有着远大学术前程的他却由于坚持学术良心而主动放弃了论文答辩;不爱学习的弟弟时尚而又叛逆,最后与几位好朋友一起离家出走,从莫斯科到了波罗的海沿岸的塔林,后来在渔业公社里当了渔民。小说共分四部,第一、三部是哥哥维克多的叙述,分别是关于兄弟俩的成长环境"巴塞罗那"公寓的生活和研究所里学术活动的描写;第二、四部是弟弟吉姆卡的叙述,分别写到了吉姆卡等人的出走经过和后来自食其力的生活。两个主人公轮流出场,以第一人称"我"来讲述故事,这不仅扩大了小说的叙述空间,还使两个人物的心理都得到了比较充分的揭示。

哥哥维克多和弟弟吉姆卡,一个勤奋好学,一个厌恶学校;一个被视为家庭的骄傲,一个被目为都市里的准阿飞,这似乎是两个不同类型的青年。然而,年龄相差十岁(半代人的差距)的哥哥和弟弟,随着小说情节的发展却在不断地走近,哥哥从看不惯弟弟到同情、默许、帮助他的出走,再到前去塔林探望弟弟,而弟弟则从不屑于哥哥的"榜样"到出走之后对哥哥的依恋、见到哥哥时的感动以及最后对哥哥的怀念,兄弟俩之间的理解和情感在不断地增进。更为重要的是,哥哥和弟弟作为两种类型的青年,身上却体现出了某种共性,即对既定社会现实的叛逆和抗争。如果说弟弟吉姆卡体现着一种生活方式上的叛逆,那么哥哥维克多则代表着一种学术上、思想上的抗争。作者通过对这两个年龄、性格和职业都反差较大的兄弟形象的塑造,更为丰富、立体地揭示了青年一代的整体生存状态。

　　所谓"代沟"在这部小说中得到了刻意的突出。小说中的成年人大都是庸俗的、守旧的、招人烦的,"巴塞罗那"公寓中的市民们自不必说,就是兄弟俩那身为知识分子的父母也是缺少生活情趣、没什么个性的,而研究所里的首长和主任,电影界的大编剧伊万诺夫-彼得罗夫和著名演员道尔果夫,更是一些自私、无耻的小人,他们总想在年轻人面前炫耀自己的权威,或是占一点便宜。相比之下,小说中的年轻人则要可爱多了。杰尼索夫兄弟之间虽然志趣不同却感情很深,吉姆卡和尤尔卡、阿利克、嘉丽娅的纯洁友谊让人羡慕;除了维克多在研究所里那位势利的同事鲍里斯和吉姆卡在塔林偶然遇见的那位在莫斯科"严打"期间逃出来的弗拉姆,他们在火车上遇到的伊戈尔、舒利克和恩德尔,他们在塔林结识的琳达、乌尔维和瓦特工厂的工人们等,小说中的青年人全都大度而又随意,真诚而又善良。作者似乎有意在用这样的对比来强化两代人之间的差异,来突出两代人在世界观和生活态度方面的对立。从这个意义上来说,《带星星的火车票》就是一个现代版本的《父与子》。

"代沟"的存在,首先就是在不同的时代和社会中形成的不同世界观相互对峙的结果,就是青年一代试图尽快确立自我而向现存规范发出挑战的结果。小说中的吉姆卡等人在"巴塞罗那"居民们的众目睽睽之下跳舞;他们身着奇装异服,当众抽烟;他们集体出走,到大海里畅游,到酒吧里喝酒;他们恋爱,他们痛苦——他们的所有行为都只不过是想尽快地长大,尽快地显示出真正的自我,尽快地过独立的生活。他们讨厌喋喋不休的教训,反感大人们的迟迟不肯放手,不愿接受按照成人的生活哲学为他们选择的奋斗目标和未来模式。而维克多的所作所为,则在更高一层意义上体现出了青年人对真诚和个人价值的追求。小说中的年轻人时时处处感觉到了成长的烦恼,他们也为成长付出了惨重的代价。这种代价不仅表现为他们出走之后的忍饥挨饿、输钱、失恋和受骗上当,而且还表现为嘉丽娅的失去贞洁和维克多的失去学位。但这种烦恼和代价所换来的,却是一种面对生活的真实、自然的态度。在小说的最后,维克多因为空难而死去,没有完成他在科学和人生上的真诚追求,吉姆卡和他的伙伴们当上了渔业公社的社员。用常人的眼光看,他们都算不得成功。在小说的结尾,看到了哥哥留给自己的"车票",吉姆卡依然彷徨:"票有了,但是往哪儿去呢?"但是,他们的求索中却至少显示出了一种值得赞赏的生活态度,即不戴任何面具地生活,不伪装高尚,不冒充伟大,不吹嘘怀有那种空洞的、人云亦云的远大理想，不生活在虚妄的意识形态乌托邦之中。

阿克肖诺夫之所以要这样处理两代人之间的矛盾，大致有这样几个原因：首先，作者写作《带星星的火车票》的时候，恰逢苏联社会的"解冻"时期。后斯大林时代出现的新旧两种世界观的较量、对传统价值的重估所导致的意识形态分歧，都在这部小说中得到了间接的、形象化的体现。其次，随着苏联社会的"解冻"，西方的文学和文化开始渗透进苏联社会并产生很大影响。《带星星的火车票》刚一发表，就有批评家看出了美国当代文学对阿克肖诺夫的影响，"垮掉的一代"作家凯鲁亚克的小说《在路上》，尤其是塞林格的小说《麦田守望者》，都和《带星星的火车票》有着相似的人物、情节结构和主观情绪。阿克肖诺夫精通英语，曾翻译过英文小说，他在当时也像其作品中的主人公一样对包括美国文学在内的西方文化怀有强烈的向往，而在"解冻"之后相当长一段时间里，苏联作家对僵化意识形态的解构往往都是与对西方价值观念的推崇结合在一起的。就这个意义而言，也许可以把《带星星的火车票》视为一部俄罗斯版的《麦田守望者》。最后，在世界文学中，成长的烦恼也一直是一个永恒的主题，所谓的"教育小说""成长小说"等早已构成一种题材传统，而"父与子""代沟""叛逆"等诸如此类的问题，也可能存在于一切时代和一切社会之中。其实，只要还存在着成长，就永远存在着成长的烦恼，也就永远存在着关于成长烦恼的文学叙述和思考，而文学主题的一个重要组成部分，就是关于青春的记忆。

或许正因为如此,这本写于五十多年前的小说依然具有很强的现实意义和很强的可读性。1963年,在这部小说发表两年后,我国就出版了中译本,译本作为所谓"黄皮书"之一种,标明"供内部参考",实际上是"供批判用",连译者都迫不得已地在《关于作者》的附记中写道:"作者在书中宣扬了资产阶级颓废的人生观,美化了腐朽的资产阶级生活方式。"然而,就是这样一本"准毒草"却吸引、感染了很多人,此后也一直很受我国青年读者的追捧,一些后来成了作家和学者的人,曾对我谈起他们当年偷偷阅读此书时的快感以及所受到的影响。五十多年过去了,两三代青年又已经不再年轻了,然而,作为成长之烦恼的文学,仍能打动一代又一代的文学青年,作为青春之记忆的文学,仍会不断地勾起我们的怀旧和思索。

青春的记忆

写作《带星星的火车票》时的阿克肖诺夫,自己也还是一个不满三十岁的青年作家。

瓦西里·阿克肖诺夫1932年生于喀山,父母都是老布尔什维克,却在20世纪30年代受到迫害。阿克肖诺夫的童年主要是在孤儿院中度过的,其间也在母亲的流放地、西伯利亚的马卡丹生活数年。阿克肖诺夫的母亲叶夫盖尼娅·金兹堡后来也成了著名作家,她描写集中营生活的回忆录《险峻的旅程》

曾在苏联国内外风靡一时。1956 年,阿克肖诺夫自列宁格勒医学院毕业,成为一名医生。三年之后,他开始发表文学作品,1960 年发表在《青春》杂志上的中篇小说《同事们》给他带来声誉,小说多次再版,还被迅速地改编为戏剧和电影。《带星星的火车票》是他的第二部小说,也同样发表在《青春》杂志上,同样赢得了广泛的阅读。

发表了《同事们》和《带星星的火车票》之后的阿克肖诺夫,被视为 20 世纪 60 年代苏联文学中所谓"青春散文"的代表人物,其作品所塑造的叛逆性格及其自由精神,其作品所体现出的现代手法和解构特征,是其创作最清晰的识别符号。他在 60 至 70 年代陆续发表的重要作品有:中篇《摩洛哥的橙子》,作品由十八个章节构成,每个章节系某一个主人公的第一人称叙述,而由摩洛哥进口的橙子则成为一个穿针引线的象征物;中篇《滞销的桶》,作品中的"主角"就是一只桶,而小说中的其他人物无一例外也全都爱上了这只桶,将其当作一个具有生命的东西,作者似乎用这只桶来象征某种未必具有真正崇拜价值的偶像;中篇《寻找体裁》,其主人公帕威尔·杜罗夫是一位魔术师,"奇迹的创造者",他(或者说是作者)一直在思考的问题就是:自己的魔术究竟还有没有用处,当今的人们是否还需要"奇迹"。

从 20 世纪 70 年代起,阿克肖诺夫创作内容和形式的"出格"开始受到苏联官方批评的指责,赫鲁晓夫就曾公开对其作品表示过不满。1977 至 1978 年间,阿克肖诺夫在美国发表了一些作品,不久,他又和其他几位青年作家联合创办了地下文学辑刊《大都会》,这些举动加深了他和当局之间的紧张关系。1980年7月,阿克肖诺夫夫妇应邀前往美国访问,到了美国之后得知,他和妻子的苏联国籍已被剥夺。之后,阿克肖诺夫侨居美国,在美国的大学任教,同时开始尝试用英文写作。在美国,他在国内写作但一直未能面世的一些作品陆续发表出来,同时也不断有新作问世。这一时期的重要作品有:长篇《灼伤》,作品由五个父称相同的主人公的追忆组合而成,作品的结构很独特,每个场景或片段都由不同的主人公出面分别叙述一次,作者称其为"六七十年代的纪事",批评界则说它是"唱给逝去的青春时代的哀歌",有评论者认为,将这五位分别为作家、医生、雕塑家、萨克斯手、物理学家的主人公联系在一起的"是他们共同的朋友和情人,更为重要的,是他们共同的童年";《克里木岛》则具有鲜明的反乌托邦小说特征,作者假设克里木不是半岛而是一个独立的岛屿,它没有被划入苏联版图而一直保持着资本主义的"繁荣",这个苏联人心目中的西方文明等价物,最后却被苏军海军陆战队兵不血刃地攻占。阿克肖诺夫这一时期的重要作品还有《昼夜不停》《纸上的风景》《寻找忧伤的婴儿》和《蛋黄》等。在苏联解体前后的1990年,阿克肖诺夫被恢复俄罗斯国籍。在这之后他经常回国,其各个时期的作品也都在俄罗斯不断再版,并有多卷文集面世。1993至1994年间,他最重要的作品之一、长篇三部曲《莫斯科传奇》出版,这部作品描写俄国医生鲍里斯·格拉多夫一家三代在20世纪20至

50 年代间的生活历史,作者让家庭的变迁与民族的命运相互映照,在叙述格拉多夫家的遭遇时大量引用了当时苏联和欧美各国的新闻报道片段,使作品具有了史诗风格。

2009 年,阿克肖诺夫在莫斯科去世,可他作为一位"青年作家"的形象却恒久地留存于 20 世纪的俄语文学史。纵观他的创作历史,我们却能感觉到其中贯穿始终的青春激情。阿克肖诺夫是从《青春》杂志起步的,还曾担任过这个杂志的编委。他被视为 20 世纪 60 年代苏联"青春散文"的代表作家,其早期作品也几乎全都以青年人的生活为对象。在作家步入中年和老年之后,童年的生活和青春的记忆则又成了他作品中一个最重要的主题。更为重要的是,在阿克肖诺夫的作品中,我们始终能读到那种青年人才有的对周围世界的强烈的怀疑精神,对未来生活的充满激情的渴求,以及对以"父辈"的生活为代表的教条的行为方式和僵化的社会规则的不满;与这一创作主旨相呼应,我们在阿克肖诺夫的创作中也一直能够感觉到他不懈的创新努力,他的作品风格多变,具有浓重的先锋色彩,作家似乎非常惧怕重复自我,他试图不断地突破自我,"寻找体裁"。这就是说,无论是就阿克肖诺夫创作的历程和个性而言,还是就其创作的主题和风格来说,阿克肖诺夫都可以说是一个永恒的青春作家。

2017 年夏,我应邀赴俄参加在俄罗斯鞑靼斯坦共和国首都喀山举办的"阿克肖诺夫文学音乐节",我发现,阿克肖诺夫这位 20 世纪俄语文学中的经典作家早已成为他故乡城的文化名片。位于喀山马克思大街 55 号的阿克肖诺夫故居被辟为博物馆,市中心的一座街心花园被命名为"阿克肖诺夫花园",其中有一座别具一格的阿克肖诺夫纪念碑,纪念碑上并无他的形象,只有他的帽子、大衣、座椅和宠物,因为据说阿克肖诺夫拒绝"偶像崇拜"。即便是他的纪念碑,也依然散发着浓郁的青春气息,即强烈的解构情绪和先锋色彩。

诗与散文的双人舞

——读布罗茨基的"诗散文"

　　约瑟夫·布罗茨基是以美国公民身份获取 1987 年诺贝尔文学奖的,但他在大多数场合却一直被冠以"俄语诗人"之称谓:他在 1972 年自苏联流亡西方后始终坚持用俄语写诗,并被视为 20 世纪后半期最重要的俄语诗人,甚至是"第一俄语诗人"(洛谢夫语)。可在美国乃至整个西方文学界,布罗茨基传播最广、更受推崇的却是他的英语散文,他甚至被称作"伟大的英语散文家之一"(见企鹅社英文版《悲伤与理智》封底)。作为高傲的"彼得堡诗歌传统"的继承人,布罗茨基向来有些瞧不起散文,似乎是一位诗歌至上主义者,可散文却显然给他带来了更大声誉,至少是在西方世界。世界范围内三位最重要的布罗茨基研究者列夫·洛谢夫、托马斯·温茨洛瓦和瓦连金娜·帕鲁希娜都曾言及散文创作对于布罗茨基而言的重要意义。洛谢夫指出:"布罗茨基在美国,一定程度上也是在整个西方的作家声望,因为他的散文创作而得到了巩固。"帕鲁希娜说:"布罗茨基在俄罗斯的声誉主要仰仗其诗歌成就,而在西方,他的散文却在塑造其诗人身份的过程中发挥着主要作用。"温茨洛瓦则称,布罗茨基的英语散文"被公认为范文"。作为"英文范文"的布罗茨基散文如今已获得广泛的阅读,而布罗茨基生前出版的最后一部散文集《悲伤与理智》,作为其散文创作的集大成者,更是赢得了世界范围的赞誉。通过对这部散文集的解读,我们或许可以获得一个关于布罗茨基散文的内容和形式、风格和特色的较为全面的认识,可以更加深入地理解布罗茨基创作中诗歌和散文这两大体裁间的关系,进而更加深入地理解布罗茨基的散文创作,乃至他的整个创作。

享誉全球的桂冠诗人

约瑟夫·布罗茨基 1940 年 5 月 24 日生于列宁格勒(今圣彼得堡),父亲是海军博物馆的摄影师,母亲是一位会计。天性敏感的他由于自己的犹太人身份而主动疏离周围现实,并在八年级时主动退学,从此走向"人间",做过包括工厂铣工、太平间整容师、澡堂锅炉工、灯塔守护人、地质勘探队员等在内的多种工作。他于 20 世纪 50 年代末开始写诗,并接近阿赫马托娃。他大量阅读俄语诗歌,用他自己的话说在两三年内"通读了"俄国大诗人的所有作品,与此同时他自学英语和波兰语,开始翻译外国诗歌。由于在地下文学杂志上发表诗作以及与外国人来往,布罗茨基受到克格勃的监视。1963 年,布罗茨基完成《献给约翰·邓恩的大哀歌》,并多次在公开场合朗诵此诗,此诗传到西方后引起关注,为布罗茨基奠定了诗名。1964 年,布罗茨基因"不劳而获罪"被起诉,判处五年刑期,被流放至苏联北疆的诺连斯卡亚村。后经阿赫马托娃、楚科夫斯基、帕乌斯托夫斯基、萨特等文化名人的斡旋,他在一年半后获释。在当时东西方冷战的背景下,这所谓的"布罗茨基案件"使布罗茨基举世闻名,他的一部诗集在他本人并不知晓的情况下于 1965 年在美国出版,之后,他的英文诗集《献给约翰·邓恩的大哀歌及其他诗作》和俄文诗集《旷野中的停留》又相继在英国和美国面世,与此同时,他在苏联国内的处境却更加艰难,无法发表任何作品。1972 年,布罗茨基被苏联当局变相驱逐出境,他在维也纳受到奥登等人关照,之后移居美国,先后在美国多所大学执教,并于 1977 年加入美国国籍。定居美国后,布罗茨基在流亡前后所写的诗作相继面世,他陆续推出多部俄、英文版诗集,如《诗选》《在英国》《美好时代的终结》《话语的部分》《罗马哀歌》《献给奥古斯都的新章》《乌拉尼亚》和《等等》等。1987 年,布罗茨基获诺贝尔文学奖,成为该奖历史上最年轻的获奖者之一。之后,布罗茨基成为享誉全球的大诗人,其诗被译成世界各主要语言。1991 年,他当选美国"桂冠诗人"。苏联解体前后,他的作品开始在俄国发表,至今已有数十种各类单行本诗文集或多卷集面世,其中又以圣彼得堡普希金基金会推出的七卷本《布罗茨基文集》和作为"诗人新丛书"之一种由普希金之家出版社和维塔·诺瓦出版社联合推出的两卷本《布罗茨基诗集》最为权威。1996 年 1 月 28 日,布罗茨基因心脏病发作在纽约去世，其遗体先厝纽约，后迁葬于威尼斯的圣米歇尔墓地。

不能不写的散文

像大多数诗人一样，布罗茨基在文学的体裁等级划分上总是抬举诗歌的，他断言诗歌是语言存在的最高形式。布罗茨基曾应邀为一部茨维塔耶娃的散文集作序，在这篇题为《诗人与散文》的序言中，他精心地论述了诗歌较之于散文的若干优越之处：诗歌有着更为悠久的历史；诗人因其较少功利的创作态度而可能更接近文学的本质；诗人能写散文，而散文作家却未必能写诗，诗人较少向散文作家学习，而散文作家却必须向诗人学习，学习驾驭语言的功力和对文学的忠诚；伟大如纳博科夫那样的散文家，往往都一直保持着对诗歌的深深感激，因为他们在诗歌那里获得了"简洁与和谐"。在其他场合，布罗茨基还说过，诗歌是对语言的"俗套"和人类生活中的"同义反复"的否定，因而比散文更有助于文化的积累和延续，更有助于个性的塑造和发展。

同样，像大多数诗人一样，布罗茨基也不能不写散文。在谈及诗人茨维塔耶娃突然写起散文的原因时，除茨维塔耶娃当时为生活所迫必须写作容易发表的散文以挣些稿费这一"原因"外，布罗茨基还给出了另外几个动因：一是日常生活中的"必需"，一个识字的人可以一生不写一首诗，但一个诗人却不可能一生不写任何散文性的文字，如交往文字、日常生活中的应用文等；二是主观的"冲动"，"诗人会在一个晴朗的日子里突然想用散文写点什么"；三是起决定性作用的"对象"和某些题材，如情节性很强的事件、三个人物以上的故事、对历史的反思和对往事的追忆等，就更宜于用散文来进行描写和叙述。所有这些，大约也都是布罗茨基本人将大量精力投入散文创作的动机。除此之外，流亡西方之后，在一个全新的文学和文化环境中，他想更直接地发出自己的声音，也想让更多的人听到他的声音；以不是母语的另一种文字进行创作，写散文或许要比写诗容易一些。布罗茨基在《悼斯蒂芬·斯彭德》一文中的一句话似乎道破了"天机"："无论如何，我的确感觉我与他们（指英语诗人麦克尼斯、奥登和斯彭德。——引者按）之间的同远大于异。我唯一无法跨越的鸿沟就是年龄。至于智慧方面的差异，我在最好的状态下也会说服自己，说自己正在逐渐接近他们的水准。还有一道鸿沟即语言，我一直在竭尽所能地试图跨越它，尽管这需要散文写作。"作为一位诺贝尔奖获得者和美国桂冠诗人，他经常应邀赴世界各地演讲，作为美国多所大学的知名文学教授，他也得完成教学工作，这些"应景的"演说和"职业的"讲稿在他的散文创作中也占据了相当大的比例。但布罗茨基写作散文的最主要的原因，我们猜想还是他热衷语言试验的内在驱动力，他将英语当成一个巨大的语言实验室，终日沉湎其中，乐此不疲。

　　布罗茨基散文作品的数量与他的诗作大体相当，在前面提及的俄文版七卷本《布罗茨基文集》中，前四卷为诗集，后三卷为散文集，共收入各类散文六十余篇，由此不难看出，诗歌和散文在布罗茨基的创作中几乎各占半壁江山。布罗茨基生前出版的散文集有三部，均以英文首版，即《小于一》《水印》和《悲伤与理智》。《水印》一书仅百余页，实为一篇描写威尼斯的长篇散文；另两本书则均为近五百页的大部头散文集。说到布罗茨基散文在其创作中所占比例，帕鲁希娜推测，布罗茨基"各种散文作品的总数要超出他的诗歌"。洛谢夫也说："《布罗茨基文集》第二版收有六十篇散文，但还有大约同样数量的英文文章、演讲、札记、序言和致报刊编辑部的书信没有收进来。"布罗茨基生前公开发表的各类散文，总字数约合中文一百万字，由此推算，布罗茨基散文作品的总字数约合中文二百万字。

据统计，在收入俄文版《布罗茨基文集》中的六十篇各类散文中，用俄语写成的只有十七篇，也就是说，布罗茨基的散文主要为"英文散文"。值得注意的是，布罗茨基的各类散文大都发表在《纽约图书评论》《泰晤士报文学副刊》《新共和》和《纽约客》等英美主流文化媒体上，甚至刊于《时尚》这样的流行杂志，这便使他的散文迅速赢得了广泛的受众。他的散文多次入选"全美年度最佳散文"，如《一件收藏》曾入选"1993年全美最佳散文"，《向马可·奥勒留致敬》曾入选"1995年全美最佳散文"。1986年，他的十八篇散文以《小于一》为题结集出版，在出版当年即获"全美图书评论奖"。作为《小于一》姐妹篇的《悲伤与理智》出版后，也曾长时间位列畅销书排行榜。需要指出的是，出版布罗茨基这两部散文集的出版社就是纽约大名鼎鼎的法拉尔、斯特劳斯和吉罗克斯出版社（简称 FSG），这家出版社以"盛产"诺贝尔文学奖获奖作家而著称，在 1920 至 2010 年的九十年间，在该社出版作品的作家中共有二十三位成为诺贝尔奖获得者，其中就包括索尔仁尼琴（1970 年获奖）、米沃什（1980 年获奖）、索因卡（1986 年获奖）、沃尔科特（1992 年获奖）、希尼（1995 年获奖）和略萨（2010 年获奖）等人。顺便提一句，《悲伤与理智》扉页上的题词"心怀感激地献给罗杰·威·斯特劳斯"，就是献给该社两位创办者之一的罗杰·威廉姆斯·小斯特劳斯的。

散文集《悲伤与理智》最后一页上标明了《悼斯蒂芬·斯彭德》一文的完稿时间，即"1995 年 8 月 10 日"，而在这个日期之后不到半年，布罗茨基也离开了人世，《悲伤与理智》因此也就成了布罗茨基生前出版的最后一部散文集，是布罗茨基散文写作乃至其整个创作的"天鹅之歌"。

关于诗歌的散文

《悲伤与理智》共收入散文 21 篇，它们大致有这么几种类型，即回忆录和旅行记，演说和讲稿，公开信和悼文等。具体说来，其中的《战利品》和《一件收藏》是具有自传色彩的回忆录，《一个和其他地方一样好的地方》《旅行之后，或曰献给脊椎》和《向马可·奥勒留致敬》近乎旅行随笔，《我们称之为"流亡"的状态，或曰浮起的橡实》《表情独特的脸庞》《受奖演说》《第二自

我》《怎样阅读一本书》《颂扬苦闷》《克利俄剪影》《体育场演讲》
《一个不温和的建议》和《猫的"喵呜"》均为布罗茨基在研讨会、
受奖仪式、书展、毕业典礼等场合发表的演讲,《致总统书》和
《致贺拉斯书》为书信体散文,《悲伤与理智》和《求爱于无生命
者》是在大学课堂上关于弗罗斯特和哈代诗歌的详细解读,《九
十年之后》则是对里尔克《俄耳甫斯·欧律狄刻·赫尔墨斯》一
诗的深度分析,最后一篇《悼斯蒂芬·斯彭德》是为诗友所写的
悼文。文集中的文章大致以发表时间为序排列,其中最早的一
篇发表于 1986 年,最后一篇写于 1995 年,时间跨度近十年,这
也是布罗茨基写作生涯的最后十年。

这些散文形式多样,长短不一,但它们诉诸的却是一个共
同的主题,即"诗和诗人"。布罗茨基在他的诺贝尔奖演说中
称:"我这一行当的人很少认为自己具有成体系的思维;在最坏
的情况下,他才自认为有一个体系。"(《表情独特的脸庞》)也就
是说,作为一位诗人,他是排斥所谓的理论体系或成体系的理
论的。但是,在通读《悲伤与理智》并略加归纳之后,我们仍能
获得一个关于布罗茨基诗歌观和美学观乃至他的伦理观和世
界观的整体印象。

首先,在艺术与现实的关系问题上,布罗茨基断言:"在真
理的天平上,想象力的分量就等于,并时而大于现实。"(《战利
品》)他认为,不是艺术在模仿现实,而是现实在模仿艺术,因为
艺术自身便构成一种更真实、更理想、更完美的现实。"另一方
面,艺术并不模仿生活,却能影响生活。"(《悲伤与理智》)"因为

文学就是一部字典,就是一本解释各种人类命运、各种体验之含义的手册。"(《我们称之为"流亡"的状态,或曰浮起的橡实》)他在他作为美国桂冠诗人而做的一次演讲中声称:"诗歌不是一种娱乐方式,就某种意义而言甚至不是一种艺术形式,而是我们的人类学和遗传学目的,是我们的语言学和进化论灯塔。"(《一个不温和的建议》)阅读诗歌,也就是接受文学的熏陶和感化作用,这能使人远离俗套走向创造,远离同一走向个性,远离恶走向善,因此,诗就是人类保存个性的最佳手段,"是社会所具有的唯一的道德保险形式;它是一种针对狗咬狗原则的解毒剂;它提供一种最好的论据,可以用来质疑恐吓民众的各种说辞,这仅仅是因为,人的丰富多样就是文学的全部内容,也是它的存在意义"(《我们称之为"流亡"的状态,或曰浮起的橡实》),"与一个没读过狄更斯的人相比,一个读过狄更斯的人就更难因为任何一种思想学说而向自己的同类开枪"(《表情独特的脸庞》)。正是在这个意义上,布罗茨基在本书中不止一次地引用过陀思妥耶夫斯基的著名命题,即"美将拯救世界",也不止一次地重申他自己的一个著名命题,即"美学为伦理学之母"。布罗茨基在接受诺贝尔奖时所做的演说《表情独特的脸庞》是其美学立场的集中表述,演说中的这段话又集中地体现了他的关于艺术及其实质和功能的看法:

　　就人类学的意义而言,我再重复一遍,人首先是一种美学的生物,其次才是伦理的生物。因此,艺术,其中包括文学,并非人类发展的副产品,而恰恰相反,人类才是艺术的副产品。如果说有什么东西使我们有别于动物王国的其他代表,那便是语言,也就是文学,其中包括诗歌,诗歌作为语言的最高形式,说句唐突一点的话,它就是我们整个人类的目标。

研究者列翁指出:"约瑟夫·布罗茨基创作中的重要组成即散文体文学批评。尽管布罗茨基本人视诗歌为人类的最高成就(也大大高于散文),可他的文学批评,就像他在归纳茨维塔耶娃的散文时所说的那样,却是他关于语言本质的思考之继续发展。"关于语言,首先是关于诗歌语言之本质、关于诗人与语言之关系的理解,的确构成了布罗茨基诗歌"理论"中的一个重要组成部分。一方面,他将诗歌视为语言的最高存在形式,由此而来,他便将诗人置于一个崇高的位置。他曾称曼德施塔姆为"文明的孩子",并多次复述曼德施塔姆关于诗歌就是"对世界文化的眷恋"的名言,因为语言就是文明的载体,是人类创造中唯一不朽的东西,图书馆比国家更强大,帝国不是依靠军队而是依靠语言来维系的,而诗歌作为语言之最紧密、最合理、最持久的组合形式,无疑是传递文明的最佳工具,而诗人的使命就是用语言诉诸记忆,进而战胜时间和死亡、空间和遗忘,为人类文明的积淀和留存做出贡献。但另一方面,布罗茨基又继承诗歌史上传统的灵感说,夸大诗人在写作过程中的被动性,他在不同的地方一次次地提醒我们:诗人是语言的工具。"是

语言在使用人类，而不是相反。语言自非人类真理和从属性的
王国流入人类世界，最终发出这种无生命物质的声音，而诗歌
只是对其不时发出的潺潺水声之记录。"(《求爱于无生命者》)
"实际上，缪斯即嫁了人的'语言'……换句话说，缪斯就是语言
的声音；一位诗人实际倾听的东西，那真的向他口授出下一行
诗句的东西，就是语言。"(《第二自我》)布罗茨基的诺贝尔奖演
说是以这样一段话作为结束的：

> 写诗的人写诗，首先是因为，诗的写作是意识、思维和
> 对世界的感受的巨大加速器。一个人若有一次体验到这
> 种加速，他就不再会拒绝重复这种体验，他就会落入对这
> 一过程的依赖，就像落进对麻醉剂或烈酒的依赖一样。一
> 个处于对语言的这种依赖状态的人，我认为，就称之为
> 诗人。

最后，从布罗茨基在《悲伤与理智》一书中对于具体的诗人
和诗作的解读和评价中，也不难感觉出他对某一类型的诗人及
其诗作的心仪和推崇。站在诺贝尔奖颁奖典礼的讲坛上，布罗
茨基心怀感激地提到了他认为比他更有资格站在那里的五位
诗人，即曼德施塔姆、茨维塔耶娃、弗罗斯特、阿赫马托娃和奥
登。在文集《小于一》中，成为他专文论述对象的诗人依次是阿
赫马托娃(《哀泣的缪斯》)、卡瓦菲斯(《钟摆之歌》)、蒙塔莱
(《在但丁的阴影下》)、曼德施塔姆(《文明的孩子》)、沃尔科特

（《潮汐的声音》）、茨维塔耶娃（《诗人与散文》和《一首诗的脚注》）、奥登（《析奥登的〈1939 年 9 月 1 日〉》和《取悦阴影》）等七人。在《悲伤与理智》一书中，他用心追忆、着力论述的诗人共有五位，即弗罗斯特、哈代、里尔克、贺拉斯和斯彭德。这样一份诗人名单，大约就是布罗茨基心目中的大诗人名单了，甚至就是他心目中的世界诗歌史。在《悲伤与理智》一书中，布罗茨基对弗罗斯特、哈代和里尔克展开长篇大论，关于这三位诗人某一首诗（弗罗斯特的《家葬》和里尔克的《俄耳甫斯·欧律狄刻·赫尔墨斯》）或某几首诗作（哈代的《黑暗中的画眉》《两者相会》《你最后一次乘车》和《身后》等四首诗）的解读竟然长达数十页，洋洋数万言，这三篇文章加起来便占据了全书三分之一的篇幅。布罗茨基在文中不止一次提醒听众（他当时的学生和听众以及如今作为读者的我们），他在对这些诗作进行"逐行"解读："我们将逐行分析这些诗，目的不仅是激起你们对这位诗人的兴趣，同时也为了让你们看清在写作中出现的一个选择过程，这一过程堪比《物种起源》里描述的那个相似过程，如果你们不介意的话，我还要说它比后者还要出色，即便仅仅因为后者的最终结果就是我们，而非哈代先生的诗作。"（《求爱于无生命者》）他在课堂上讲解弗罗斯特的诗时，建议学生们"特别留意诗中的每一个字母和每一个停顿"（《悲伤与理智》）。他称赞里尔克德语诗的英译者利什曼，因为后者的译诗"赋予此诗一种令英语读者感到亲近的格律形式，使他们能更加自信地逐行欣赏原作者的成就"（《九十年之后》）。其实，布罗茨基不止于"逐行"分析,他在很多情况下都在"逐字",甚至"逐字母"地解剖原作。他这样不厌其烦,精雕细琢,当然是为了教会人们懂诗,懂得诗歌的奥妙,当然是为了像达尔文试图探清人类的进化过程那样来探清一首诗或一位诗人的"进化过程",但与此同时他似乎也在告诉他的读者,他心目中的最佳诗人和最佳诗歌究竟是什么样的。布罗茨基在哥伦比亚大学的一位学生后来在回忆他这位文学老师的一篇文章中写道:"布罗茨基并不迷恋对诗歌文本的结构分析,我们的大学当时因这种结构分析而著称,托多罗夫和克里斯蒂娃常常从法国来我们这里讲课。布罗茨基的方法却相当传统:他希望让学生理解一首诗的所有原创性、隐喻结构的深度、历史和文学语境的丰富,更为重要的是,他试图揭示写作此诗的那门语言所蕴藏的创作潜力。"他称哈代为"理性的非理性主义者",他认为"正是这种理智较之于情感的优势使哈代成了英语诗歌中的先知","他的耳朵很少好过他的眼睛,但他的耳朵和眼睛又都次于他的思想,他的思想强迫他的耳朵和眼睛服从于他的思想","他并非和谐之天才,他的诗句很少能歌唱。他诗歌中的音乐是思想的音乐,这种音乐独一无二……其诗歌的形式因素很少能派生出这种驱动力,它们的主要任务即引导思想,不为思想的发展设置障碍"。(《求爱于无生命者》)在关于弗罗斯特《家葬》一诗的分析中,布罗茨基给出了全文乃至全书具有点题性质的一段话:

那么,他在他这首非常个性化的诗中想要探求的究竟是什么呢?我想,他所探求的就是悲伤与理智,当这两者互为毒药的时候,它们便会成为语言最有效的燃料,或者如果你们同意的话,它们便会成为永不褪色的诗歌墨水。弗罗斯特处处信赖它们,几乎能使你们产生这样的感觉,他将笔插进这个墨水瓶,就是希望降低瓶中的内容水平线;你们也能发现他这样做的实际好处。然而,笔插得越深,存在的黑色要素就会升得越高,人的大脑就像人的手指一样,也会被这种液体染黑。悲伤越多,理智也就越多。人们可能会支持《家葬》中的某一方,但叙述者的出现却排除了这种可能性,因为,当诗中的男女主人公分别代表理智与悲伤时,叙述者则代表着他们两者的结合。换句话说,当男女主人公的真正联盟瓦解时,故事就将悲伤嫁给了理智,因为叙述线索在这里取代了个性的发展,至少,对于读者来说是这样的。也许,对于作者来说一样。换句话说,这首诗是在扮演命运的角色。

在布罗茨基看来,理想的诗人就应该是"理性的非理性主义者",理想的诗歌写作就应该是"理性和直觉之融合",而理想的诗就是"思想的音乐"。

《悲伤与理智》中的每篇散文都是从不同的侧面、以不同的方式关于诗和诗人的观照,它们彼此呼应、相互抱合,构成了一曲"关于诗歌的思考"这一主题的复杂变奏曲。在阅读《悲伤与理智》时我们往往会生出这样一个感觉，即布罗茨基一谈起诗歌来便口若悬河，游刃有余，妙语连珠，可每当涉及历史、哲学等他不那么"专业"的话题时，他似乎就显得有些故作高深，甚至语焉不详。这反过来也说明，布罗茨基最擅长的话题，说到底还是诗和诗人。

用诗的方式写成的散文

《悲伤与理智》中的散文不仅是关于诗的散文，它们也是用诗的方式写成的散文。

布罗茨基在评说茨维塔耶娃的散文时指出："在她所有的散文中，在她的日记、文学论文和具有小说味的回忆录中，我们都能遇到这样的情形：诗歌思维的方法被移入散文文体，诗歌发展成了散文。茨维塔耶娃的句式构造遵循的不是谓语接主语的原则，而是借助了诗歌独有的技巧，如声响联想、根韵、语义移行等。也就是说，读者自始至终所接触的不是线性的（分析的）发展，而是思想之结晶式的（综合的）生长。"布罗茨基这里提到的诗性的散文写作手法，这里所言的"诗歌思维的方法被移入散文文体，诗歌发展成了散文"之现象，我们反过来在散文集《悲伤与理智》中也随处可见。

首先，《悲伤与理智》中的散文都具有显见的情感色彩，具有强烈的抒情性。据说，布罗茨基性情孤傲，为人刻薄，他的诗歌就整体而言也是清冽冷峻的，就像前文提及的那样，较之于诗人的"悲伤"情感,他向来更推崇诗歌中的"理智"元素。无论写诗还是作文,布罗茨基往往都板起一副面孔,不动声色,但将他的诗歌和散文作比,我们却不无惊讶地发现,布罗茨基在散文中似乎比在诗歌中表现出了更多的温情和抒情。与文集《小于一》的结构一模一样,布罗茨基也在《悲伤与理智》的首尾两处分别放置了两篇抒情色彩最为浓厚的散文。在《小于一》一书中,首篇《小于一》和尾篇《在一间半房间里》都是作者关于自己的童年、家庭和父母的深情回忆;在《悲伤与理智》一书中,第一篇《战利品》是作者关于其青少年时期自我意识形成过程的细腻回忆,而最后一篇则是对于其诗人好友斯蒂芬·斯彭德的深情悼念。作者特意将这两篇抒情性最为浓重的散文至于全书的首尾,仿佛给整部文集镶嵌上一个抒情框架。在《悼斯蒂芬·斯彭德》一文中,他深情地将斯彭德以及奥登和麦克尼斯称为"我的精神家庭",他这样叙述他与斯彭德的最后告别:"我吻了吻他的额头,说道:'谢谢你所做的一切。请向威斯坦和我的父母问好。永别了。'我记得他的双腿,在医院里,从病号服里伸出老长,腿上青筋纵横,与我父亲的腿一模一样,我父亲比斯蒂芬大六岁。"这不禁让我们想起他在《在一间半房间里》的一段描写:"在我海德雷住处的后院里有两只乌鸦。这两只乌鸦很大,近乎渡鸦,我每次开车离家或回来的时候,首先看到的就是它们。它俩不是同时出现的:第一只出现在两年之前,在我母亲去世的时候;第二只是去年出现的,当时我的父亲刚刚去世。"身在异国他乡的布罗茨基,觉得这两只乌鸦就是父母灵魂的化身。布罗茨基在大学课堂上给学生们讲解哈代的诗歌，他一本正经，不紧不慢，可在谈到哈代《身后》一诗中"冬天的星星"的意象时，他却突然说道："在这一切的背后自然隐藏着那个古老的比喻，即逝者的灵魂居住在星星上。而且，这一修辞方式具有闪闪发光的视觉效果。显而易见，当你们仰望冬日的天空，你们也就看到了托马斯·哈代。"我猜想，布罗茨基这里的最后一句话甚或是出乎他自己意料的，说完这句话，他也许会昂起头，做仰望星空状，同时也为了不让学生们看见他眼角的泪花。在布罗茨基冷静、矜持的散文叙述中，常常会突然出现此类感伤的插笔。布罗茨基以《悲伤与理智》为题分析弗罗斯特的诗，又将这个题目用作此书的书名，他在说明"悲伤与理智"就是弗罗斯特诗歌乃至一切诗歌的永恒主题的同时，似乎也在暗示我们，"悲伤"和"理智"作为两种相互对立的情感元素，无论在诗歌还是散文中都有可能相互共存。他的散文写法甚至会使我们产生这样一种感觉，即一般说来，诗是"悲伤的"，而散文则是"理智的"，可布罗茨基又似乎在将两者的位置进行互换，在刻意地写作"理智的"诗和"悲伤的"散文，换句话说，他有意无意之间似乎在追求诗的散文性和散文的诗性。这种独特的叙述调性使得他的散文别具一格，它们与其说是客观的叙述不如说是主观的感受，与其说是具体的描写不如说是抒情的独白。如洛谢夫在《布罗茨基传》中所言，"所有这些文本，都是作者的内心独白，是他激情洋溢的沉思，这些独白和沉思大体上是印象式的，无限主观的，但是，依据布罗茨基在其俄语诗作中高超运用过的那些诗歌手法,它们却构成了一个组织严密的文本"。

其次,《悲伤与理智》一书以及书中每篇散文的结构方式和叙述节奏都是典型的诗歌手法。关于布罗茨基的散文结构特征,研究者们曾有过多种归纳。洛谢夫发现,布罗茨基的散文结构和他的诗作一样,"有着镜子般绝对对称的结构",洛谢夫以布罗茨基的俄文诗作《威尼斯诗章》和英文散文《水印》为例,在这一诗一文中均找出了完全相同的对称结构。《水印》共51节,以其中的第二十六节为核心,文本的前后两半完全对称。前文提及布罗茨基两部散文集均以两篇自传性抒情散文作为首位,也是这种"镜子原则"之体现。这一结构原则还会令我们联想到纳博科夫创作中的俄国时期和美国时期所构成的镜像对称关系。伊戈尔·苏希赫在对布罗茨基的散文《伊斯坦布尔旅行记》的诗学特征进行分析时,提出了布罗茨基散文结构的"地毯原则",即他的散文犹如东方的地毯图案,既繁复细腻,让人眼花缭乱,同时也高度规整,充满和谐的韵律感。帕鲁希娜在考察布罗茨基散文的结构时,除"镜子原则"和"地毯原则"外还使用了另外两种说法,即"'原子'风格结构"和"音乐-诗歌叙事策略"。温茨洛瓦在对布罗茨基的散文《伊斯坦布尔旅行记》进行深入分析时发现,布罗茨基的散文由两种文体构成,即"叙述"和"插笔":"这种外表平静(但内心紧张)的叙述时常被一些另一种性质的小章节所打断。这些小章节可称之为抒情插笔(为布罗茨基钟爱的哀歌体),可称之为插图和尾花……如果说叙述部分充满名称、数据和事实,在抒情部分占优势的则是隐喻和代词,苦涩的玩笑和直截了当的呼号。"无论"镜子原则"还是"地毯原则",无论"原子结构"还是"音乐结构",无论"叙述"还是"插笔",这些研究者们都不约而同地观察到了布罗茨基散文一个突出的结构特征:随性自如却又严谨细密,一泻而下却又字斟句酌,形散而神聚。

与这一结构原则相呼应的,是布罗茨基散文独特的章法、句法乃至词法。《悲伤与理智》中的二十一篇散文,每一篇都不是铁板一块的,而均由若干段落或曰片段组合而成,这些段落或标明序号,或由空行隔开。即便是演讲稿,布罗茨基在正式发表时也一定要将其分割成若干段落。一篇散文中的章节少则五六段,多则四五十段;这些段落少则三五句话,多则十来页。这些章节和段落其实就相当于诗歌中的诗节或曰阕,每一个段落集中于某一话题,各段落间却往往并无清晰的起承转合或严密的逻辑递进,它们似乎各自为政,却又在从不同的侧面诉诸某一总的主题。这种结构方式是典型的诗歌,更确切地说是长诗或长篇抒情诗的结构方式。这无疑是一种"蒙太奇"手法,值得注意的是,布罗茨基多次声称,发明"蒙太奇"手法的并非爱森斯坦而是诗歌,这也从另一个角度告诉我们,布罗茨基是用诗的结构方式为他的散文谋篇布局的。《悲伤与理智》中的句式也别具一格,这里有复杂的主从句组合,也有只有一个单词的短句,长短句的交替和转换,与他的篇章结构相呼应,构成一种独特的节奏感和韵律感。布罗茨基喜欢使用句子和词的排比和复沓。他在《一个和其他地方一样好的地方》一文中这样写道:"其结果与其说是一份大杂烩,不如说是一幅合成影像:如果你是一位画家,这便是一棵绿树;如果你是唐璜,这便是一位女士;如果你是一位暴君,这便是一份牺牲;如果你是一位游客,这便是一座城市。"排比句式和形象对比相互叠加,产生出一种很有压迫感的节奏。《致贺拉斯书》中有这么一段话:"对于他而言,一副躯体,尤其是一个姑娘的躯体,可以成为,不,是曾经成为,一块石头,一条河流,一只鸟,一棵树,一个响声,一颗星星。你猜一猜,这是为什么?是因为,比如说,一个披散长发奔跑的姑娘就像一条河流的侧影?或者,躺在卧榻上入睡的她就像一块石头?或者,她伸开双手,就像一棵树或一只鸟?或者,她消失在人们的视野里,从理论上说便是无处不在,就像一个响声?她或明或暗,或远或近,就像一颗星星?"布罗茨基钟爱的排比设问,在这里使他的散文能像诗的语言一样流动起来。在这封"信"中,布罗茨基还不止一次坦承他在用"格律"写"信":"无论如何,我常常对你做出回应,尤其在我使用三音步抑扬格的时候。此刻,我在这封信中也在继续使用这一格律。""我一直在用你的格律写作,尤其是在这封信中。"帕鲁希娜曾对《水印》中单词甚至字母的"声响复沓"现象进行细致分析,找出大量由多音字、同音字乃至单词内部某个构成头韵或脚韵、阴韵或阳韵的字母所产生的声响效果。可以毫不夸张地说,布罗茨基在他的散文中使用了除移行外的一切诗歌修辞手法。

最后,使得《悲伤与理智》一书中的散文呈现出强烈诗性的一个重要原因,就是布罗茨基在文中使用了大量奇妙新颖的比喻。布罗茨基向来被视为一位杰出的"隐喻诗人",他诗歌中的各类比喻之丰富,竟使得有学者编出了一部厚厚的《布罗茨基比喻词典》。帕鲁希娜曾对布罗茨基诗中的隐喻进行详尽分析,并归纳出"添加隐喻""比较隐喻""等同隐喻"和"替代隐喻"等四种主要隐喻方式。在《悲伤与理智》一书中,"隐喻"一词出现不下数十次。布罗茨基曾称里尔克具有"一种非同寻常的隐喻热望"(《九十年之后》),其实他自己无疑也是具有这种"热望"的,在他的散文中,各类或明或暗、或大或小的比喻更是俯拾皆是。这是他的写景:"几条你青春记忆中的林荫道,它们一直延伸至淡紫色的落日;一座哥特式建筑的尖顶,或是一座方尖碑的尖顶,这碑尖将它的海洛因注射进云朵的肌肉。"(《一个和其他地方一样好的地方》)他说:"显而易见,一首爱情诗就是一个人被启动了的灵魂。"(《第二自我》)他还说:"一个人如果从不使用格律,他便是一本始终没被打开的书。"(《致贺拉斯书》)他说纪念碑就是"在大地上标出"的"一个惊叹号"(《向马可·奥勒留致敬》)。他还说:"书写法其实就是足迹,我认为足迹就是书写法的开端,这是一个或居心叵测或乐善好施、但一准去向某个地方的躯体在沙地上留下的痕迹。"(《九十年之后》)他在《一件收藏》中给出了这样一串连贯的比喻:"不,亲爱的读者,你并不需要源头。你既不需要源头,也不需要叛变者的证词之支流,甚至不需要那从布满卫星的天国直接滴落至你大腿的电子降雨。在我们这种水流中，你所需要的仅为河口，一张真正的嘴巴，在它的后面就是大海，带有一道概括性质的地平线。"

这里所引的最后一个例子，已在一定程度上显示出了布罗茨基散文中比喻手法的一个突出特征，即他善于拉长某个隐喻，或将某个隐喻分解成若干小的部分，用若干分支隐喻来共同组合成一个总体隐喻，笔者拟将这一手法命名为"组合隐喻"或"贯穿隐喻"。试以他的《娜杰日达·曼德施塔姆》一文的结尾为例：

> 我最后一次见她是在 1972 年 5 月 30 日，地点是她莫斯科住宅里的厨房。当时已是傍晚，很高的橱柜在墙壁上留下一道暗影，她就坐在那暗影中抽烟。那道影子十分的暗，只能在其中辨别出烟头的微光和两只闪烁的眼睛。其余的一切，即一块大披巾下那瘦小干枯的躯体、两只胳膊、椭圆形的灰色脸庞和灰白的头发，全都被黑暗吞噬了。她看上去就像是一大堆烈焰的遗存，就像一小堆余烬，你如果拨一拨它，它就会重新燃烧起来。

在这里，布罗茨基让曼德施塔姆夫人置身于傍晚厨房里的阴暗角落，然后突出她那里的三个亮点，即"烟头的微光和两只闪烁的眼睛"，然后再细写她的大披巾（据人们回忆，曼德施塔姆夫人终日围着这条灰色披巾，披巾上满是烟灰烧出的孔洞，她去世后身体上覆盖的也是这条披巾），她的"灰色脸庞和灰白的头发"，然后再点出这个组合隐喻的核心，即"她就像一堆阴燃的灰烬"，这个隐喻又与布罗茨基在此文给出的曼德施塔姆夫人是"文化的遗孀"之命题相互呼应。

　　再比如，布罗茨基在《悼斯蒂芬·斯彭德》一文中这样描写他第一次见到的斯彭德："一位身材十分高大的白发男人稍稍弓着腰走进屋来，脸上带着儒雅的、近乎道歉的笑意……我不记得他当时具体说了些什么，可我记得我被他的话语之优美惊倒了。有这样一种感觉，似乎英语作为一种语言所具的一切高贵、礼貌、优雅和矜持都在一刹那间涌入了这个房间，似乎一件乐器的所有琴弦都在一刹那间被同时拨动。对于我和我这只缺乏训练的耳朵来说，这个效果是富有魔力的。这一效果毫无疑问也部分地源自这件乐器那稍稍弓着的框架：我觉得自己与其说是这音乐的听众，不如说是它的同谋。"布罗茨基突出了斯彭德"十分高大的"身材、"稍稍弓着"的腰背、"儒雅的"神情和惊人地"优美"的话音，这一切都是为了最终组合成一个总的隐喻，即"斯彭德＝竖琴"。布罗茨基在此书中曾多次提及"竖琴"，他仔细分析了哈代诗中的"竖琴"形象的文本内涵以及里尔克诗中俄耳甫斯所持"竖琴"的象征意义，在他的心目中，竖琴似乎就是诗和诗人的同义词，有了这层铺垫，我们就能对布罗茨基这里的"斯彭德＝竖琴"的组合隐喻之深意和深情有一个更深的理解，而这样一种贯穿全文，甚至全书的隐喻，也往往能使有心的读者获得智性的和审美的双重愉悦。绵延不绝的此类隐喻还有一个功能，它能使布罗茨基的散文张弛自如，用帕鲁希娜的话来说就是："布罗茨基稠密的隐喻使他可以随意调节其叙述的速度和方向。"借助联想和想象推进的散文文本，自然能够获得更大的自由度和更多的张力。

其实，各种文学体裁之间原本就无太多严格清晰的界线，一位既写散文也作诗的作者自然也会让两种体裁因素相互渗透，只不过在布罗茨基这里，在《悲伤与理智》中，诗性元素对散文的渗透表现得更为突出罢了，他自己诗歌创作中的主题和洞见、灵感和意象、结构和语法，甚至具体的警句式诗行，均纷纷被引入其散文；只不过在布罗茨基这里，他借鉴诗歌元素进行的散文创作，"用诗歌的花粉为其散文授精"（帕鲁希娜语），取得了更大的成功。如前所述，布罗茨基在体裁的等级体系中向来是褒诗歌而贬散文的，他在收入此书的题为《怎样阅读一本书》的演讲中又说："散文中的好风格，从来都是诗歌语汇之精确、速度和密度的人质。作为墓志铭和警句的孩子，诗歌是充满想象的，是通向任何一个可想象之物的捷径，对于散文而言，诗歌是一个伟大的训导者。它教授给散文的不仅是每个词的价值，而且还有人类多变的精神类型、线性结构的替代品、删除不言自明之处的本领、对细节的强调和突降法的技巧。尤其是，诗歌促进了散文对形而上的渴望，正是这种形而上将一部艺术作品与单纯的美文区分了开来。无论如何也必须承认，正是在这一点上，散文被证明是一个相当懒惰的学生。"可是，布罗茨基自己的散文却并非此等"懒惰的学生"，他用诗歌的手段写成的散文或许就是诗歌和散文的合体,是这两种体裁之长处的合成。

诗歌和散文之间的过渡体裁被人们称为"散文诗"或"韵律散文"等,而布罗茨基"诗化散文"的尝试之结果则被帕鲁希娜归纳为"散文长诗",或许,我们可以更确切地将《悲伤与理智》一书的文体定义为"诗散文"。布罗茨基在谈及茨维塔耶娃的散文时曾套用克劳塞维茨关于"战争是政治的继续"的名言,说茨维塔耶娃的"散文不过是她的诗歌以另一种方式的继续"。帕鲁希娜再次套用这一说法,亦称"布罗茨基的散文就是他的诗歌以另一种方式的继续"。《悲伤与理智》中的二十一篇散文均以诗为主题,均用诗的手法写成,均洋溢着浓烈的诗兴和诗意,它们的确是诗性的散文,但若仅把它们视为布罗茨基的诗歌创作以另一种体裁形式的继续,这或许是对布罗茨基散文的主题和体裁独特性的低估,甚至是某种程度的"贬低"。布罗茨基的确将大量诗的因素引入了其散文,可与此同时他也未必没将散文的因素引入其诗歌,也就是说,在布罗茨基的整个创作中,诗和散文这两大体裁应该是相互影响、相互交融的,两者间似乎并无分明的主次地位或清晰的从属关系。至少是在布罗茨基来到西方之后,一如俄文和英文在布罗茨基语言实践中的并驾齐驱(布罗茨基曾在《一件收藏》中自称为语言的"混血儿"),散文和诗歌在布罗茨基的文学创作中也始终是比肩而立的。布罗茨基在阅读哈代的诗歌时感觉到一个乐趣,即能目睹哈代诗歌中"传统语汇"和"现代语汇""始终在跳着双人舞"

（《求爱于无生命者》），在布罗茨基的散文中我们也同样能看到这样的"双人舞"，只不过两位演员换成了他的诗歌语汇和散文语汇。以《悲伤与理智》一书为代表的布罗茨基散文创作所体现出的鲜明个性，所赢得的巨大成功，使得我们有理由相信，布罗茨基的散文不仅是其诗歌的"继续"，更是一种"发展"，甚至已构成一种具有其独特风格和自在意义的"存在"。与诗歌一样，散文也成为布罗茨基表达其诗性情感和诗歌美学的主要方式之一。布罗茨基通过其不懈的诗性散文写作，已经跨越了诗歌和散文这两种文体间的分野甚或对峙；布罗茨基借助《悲伤与理智》一书的写作和出版，已经让诗人和散文家的名分在他身上合二为一。布罗茨基的散文无疑是堪与他的诗歌媲美的又一高峰，两者相互呼应，相互补充，构成了布罗茨基文学创作的有机统一体。

大于诗人的诗人
——道别叶夫图申科

"不善于道别"的诗人

2017 年 4 月 1 日,我和妻子去南口给父亲扫墓,途中妻子在手机上读到一篇俄文报道,说叶夫图申科在美国因病住院,病情很重。次日清晨,我在微信上看到我的博士生栾昕从俄罗斯发来的叶夫图申科病逝的消息,赶紧上网查看详情,得知叶夫图申科于莫斯科时间 4 月 1 日傍晚去世,时间大约就是我和妻子在车上谈起他的时候。叶夫图申科是在中国的清明节前去世的。

叶夫图申科于 3 月 31 日被送进美国俄克拉荷马州塔尔萨城的一家医院,次日便因心力衰竭离世。大约一个月前,叶夫图申科被确诊癌症复发,他患癌已六年,做了肾摘除手术后病情一直很稳定,没想到此番病情突然恶化。他的遗孀玛丽娅·诺维科娃告诉记者,她丈夫在睡梦中安详离世,亲人好友随侍在侧。

20 世纪最杰出的俄语诗人之一叶夫图申科就这样在异国他乡静静地离开了这个世界。2013 年,莫斯科埃克斯莫出版社出版了一部叶夫图申科自选诗集,这部厚达七百六十八页的诗集是叶夫图申科最后的著作之一,书名《我不善于道别》取自诗人的同名诗作,此诗被诗人置于全书最末,诗后标注的写作时间是 2013 年 6 月 25 日:

> 我不善于道别。
> 对于我爱过的人,
> 我虽然有过粗暴,
> 却总是避免无情。
>
> 对于突然变坏的人,
> 只为自己活着的人,
> 我学会了谅解,
> 尽管不再喜欢他们。
>
> 我谅解无心的迷途人,
> 他们的过失很莽撞,
> 可他们的内心
> 毕竟闪着悔罪的光芒。
>
> 我却不能谅解自己

那些圆滑的诗句。

我不祈求宽恕，

我不是个叫花子。

我谅解一切弱者，

小酒鬼，邋遢鬼，

可总是有人喜欢

别人的厄运或恐惧。

心与心的贴近，

自然远胜于无情。

我不善于道别。

我已学会了谅解。

叶夫图申科，这个"不善于道别"的诗人最终还是道别了我们。但他毕竟是"不善于道别"的，因为有太多的人关注他，我的手机不断接到微信，或问询或通报，或惋惜或哀悼，有俄罗斯友人也有中国同事，有著名诗人也有普通学生，这似乎表明，叶夫图申科在道别我们的同时也在凸显他的在场。他的"道别"也成为一个世界性事件，全球各大主流媒体迅速发布消息。俄总统普京向叶夫图申科的遗孀和亲人表示哀悼，并称后者为"一位伟大的诗人""他的创作遗产已成为俄罗斯文化的组成部分"。俄总理梅德韦杰夫在社交网站上写道："每一位俄罗斯人都有其钟爱的叶夫图申科诗句。他是一位十分独特的人，他能够天才地、深刻地、富有激情地、警句格言式地呼应整整一个时代，他善于发现能打开人们心灵的钥匙，善于发现能引起许多人共鸣的精准词汇。我们将永远铭记这位伟人，铭记他明媚而又静谧的爱的力量。"为悼念叶夫图申科，俄国家电视台第一频道临时更改节目，于 4 月 2 日晚连续播放三集电视片《沃尔科夫对话叶夫图申科》。在美国举行完小型告别仪式后，叶夫图申科的遗体将被运回莫斯科，接受人们凭吊。

为今天干杯

道别叶夫图申科，我与他交往的点点滴滴顿时浮现脑海；自邮箱找出我俩近两年的十几封邮件再读，一个既睿智又宽厚、既激情又老迈的诗人形象又跃然眼前。

第一次见叶夫图申科是在三十余年前。1985 年 10 月，苏联作家代表团访华，其间也来到我所在的中国社科院外文所，当时正跟踪研究苏联当代诗歌的我，自然更关注代表团中的大诗人叶夫图申科，记得我当时拿着乌兰汗（高莽）主编的《当代苏联诗选》，怯怯地凑上前去，求他在有他诗作译文的篇页上签名，只见他大笔一挥，写下两个大大的字母 E，这是他的名字和姓氏的起始字母。两天后参加在北京国际俱乐部举办的叶夫图申科诗歌朗诵会，记得是北师大南正云老师做翻译，南老师俄语极好，她译得神采飞扬，但在提问环节，当一位中国诗人起身说他喜欢叶夫图申科的诗,并大段大段背诵起来,南老师却愣住了,无法将汉译再译回俄语。叶夫图申科见状连忙安慰南老师,说只要译出其中几个关键词,他就能"复原"原作,他果然能"指哪打哪",倒背如流。有人问他是否能背诵自己的所有诗作,他谦虚地回答,大约只能背诵其中的三分之一,但是,他总共写了十几万行诗!

叶夫图申科在京期间,我有幸陪他逛了一次街,其间与他谈起俄苏文学在中国的接受情况,他听了很感动,说要为中国翻译家写一首诗。他回国后不久,俄罗斯著名汉学家李福清先生来访,叶夫图申科托他将一首题为《中国翻译家》的诗作捎到外文所,并指名由我翻译。此诗译出后刊于《世界文学》1986年第1期,这也是我正式发表的第一篇译作。之后,苏杭先生为漓江出版社编选《叶夫图申科诗选》,又邀我翻译了诗人的长诗《远亲》。

1989年我第一次去苏联访学,其间与叶夫图申科有过两次会面。一次是在帕斯捷尔纳克国际研讨会上。这次研讨会的发起人之一正是叶夫图申科,他在研讨会上发言,在大剧院的纪念晚会上朗诵,在帕斯捷尔纳克故居博物馆的揭幕仪式上讲话,俨然是苏联境内此次正式为帕斯捷尔纳克正名的活动的主持人。帕斯捷尔纳克的儿子叶夫盖尼对我说,他父亲的故居博物馆得以建立,叶夫图申科的多方斡旋功不可没。叶夫图申科自视为马雅可夫斯基传人,可他却对另一截然不同诗风之代表帕斯捷尔纳克表现出如此高的热情,为帕斯捷尔纳克做了如此多的事情,这令我对他肃然起敬。后来,叶夫图申科也落户于帕斯捷尔纳克故居所在的莫斯科郊外佩列捷尔金诺村,后又将其居所打造成一家诗歌和美术博物馆,其中藏有毕加索、夏加尔等人的画作以及诗人自己的手稿和各种版本著作。叶夫图申科去世前留下遗愿,要求将他葬于佩列捷尔金诺墓地,葬在帕斯捷尔纳克的墓旁。

另一次见到叶夫图申科,是应邀参加他的生日宴会。宴会在莫斯科著名的文学家之家橡木大厅举行,当时正值苏联社会最艰难的时期,莫斯科的商店空空如也,买任何东西都要排长队,可叶夫图申科的生日宴会却十分奢华,香槟似水,美女如云。席间,叶夫图申科特意向宾客介绍了我,说我是他诗歌的中译者,可说实话,当时颇有朱门酒肉之感的我对他并无好感,觉得他的举止和做派与我心目中大诗人的形象不太吻合。

1991年,在苏联解体前后的文坛和政坛均十分活跃的叶夫图申科,却突然举家迁往美国,他与美国俄克拉荷马州的塔尔萨大学签下长期合同,在该校教授俄罗斯文学和诗歌课程。他与苏联一同消失,一同离开了莫斯科,我们也从此再无联系,直到2015年,他被评为中坤国际诗歌奖获奖者,我受谢冕老师、黄怒波先生之托负责"寻找"他的下落,这才通过我们在俄的共同熟人获得他的电子信箱,与他取得联系。2015年9月20日,我收到他的第一封邮件,他对获奖表示高兴和感谢,欣然同意来京受奖。数度邮件往来之后,他终于如约在11月13日与妻子一同来到北京。当晚,中坤奖组委会在北大怡园为他接风,也邀我参加。时隔二十五年后再次见到他，看到面容消瘦的他坐着轮椅被夫人推进餐厅，我不免有些吃惊，但待交谈开始，却发现他神采依旧，谈锋甚健。谢冕先生后来在《怡园夜宴记》一文中记录了这次会见，还转述了叶夫图申科席间讲给我们听的"三个故事"。谢冕先生"为今天干杯"的祝酒词触发了叶夫图申科的灵感，他回到旅馆后连夜写出《昨天、明天和今天》一诗：

> 生锈的念头又在脑中哐当，
> 称一称吧，实在太沉。
> 昨天已不属于我，
> 它不道别即已转身。

> 刹车声在街上尖叫，
> 有人卸下它的翅膀。
> 明天已不属于我，
> 它尚未来到我身旁。

> 迟到的报复对过去没有意义。
> 无人能把自己的死亡猜对。
> 就像面对唯一的存在，
> 我只为今天干杯！

　　两天后，叶夫图申科在北京大学接受中坤诗歌奖，我担任翻译。他在致辞中说："我在白居易的祖国幸运地获得了这份我依然不配获得的奖励,但是我还相当年轻,今年才八十二岁,我将继续竭尽全力,以便最终能配得上这一奖励。"获奖后,他在接受俄记者采访时说："这个奖对于我来说像是天上掉馅饼。我能与我的中国诗人弟兄们一同获得这个奖项,觉得十分荣幸。我感到幸福的是,我觉得自己今天是一位怀有俄罗斯灵魂的中国诗人。"

11 月 16 日,我在首师大外院为叶夫图申科举办了一场诗歌电影晚会。我在介绍叶夫图申科时说："他或许是所有健在的俄语诗人中最具世界性影响的人,作为'响派'诗歌最突出的代表,他和他的诗歌在上世纪六七十年代风靡全苏联,享有当今的歌坛天王天后们才享有的名头,他在卢日尼基体育场的朗诵会有数万听众,他站在敞篷汽车上朗诵,成千上万的人向他欢呼,向他致敬;他到过世界上九十一个国家,他的诗被翻译成数十种文字,他在俄罗斯被视为'活着的经典'和'俄语诗歌的大使';其次,他或许是当代俄语诗人中与中国渊源最深的人,早在 1985 年他就访问了中国,是在改革开放后最早访问中国的苏联作家之一,他在国际俱乐部的朗诵,他与中国诗人的见面,都在当时的中国诗歌界乃至文学文化界产生巨大影响,掀起了一场'叶夫图申科热'。""叶夫图申科先生有一句名言:'诗人在俄罗斯大于诗人。'他自己就是这句话的范例——从广义上说,他不仅是一位诗人,也是一位文化活动家、社会活动家,是 20 世纪下半期俄苏政治文化史中的一个历史人物;从狭义上说,他不仅是一位诗人,也是一位电影导演、演员、小说家、评论家、翻译家、摄影家等,因此,我们今天为他举办的不仅仅是一场'诗歌晚会',而且还是一场'电影展映'。"晚会上,叶夫图申科在诗歌朗诵环节之后又亲自为我们讲解他执导的影片《幼儿园》。在观影过程中,他不时与我交头接耳:他向我介绍影片中出镜的他的朋友,并说他们大都已经去世;影片中有一位女演员在前线为士兵唱歌,他说那就是他母亲战时生活的真实写照;看到女主角莉莉娅为洗去自己的罪孽感而赤身裸体在雪地上翻滚的长镜头时,他忍不住对我说:"太美了! 不是吗? 但是你别告诉玛莎!"玛莎就是他的妻子玛丽娅·诺维科娃。

几天后,我邀请叶夫图申科夫妇和吉狄马加先生在家中聚会。两位诗人惺惺相惜,相见恨晚,谈起诗歌,谈起许多俄国诗人和世界各地的诗人,他们似有聊不完的话。两位诗人的交谈后以《吉狄马加与叶夫图申科访谈录》为题,刊于《作家》杂志2016 年第 6 期。在长达数小时的交谈中,叶夫图申科给我留下这样几个印象:首先是他的无所不知和无处不在,我们提到的每一位诗人和历史人物,他似乎都与之有过直接或间接的交往,比如他与意大利电影导演帕索里尼、费里尼和安东尼奥尼等人的合作,他称聂鲁达、阿多尼斯、希克梅特等为他的朋友,他说夏加尔、毕加索等曾赠画与他,他说肖斯塔科维奇根据他的《娘子谷》谱写了《第十三交响曲》……他与 20 世纪世界文化界广泛而又深刻的交往令人印象深刻。其次是他的真诚,谈到曼德施塔姆时他说:"在意大利托斯卡纳我得过一个诗歌奖,我在受奖时写了两句诗:从沃罗涅日的山丘到全世界,曼德施塔姆的诗四处传播。当时我感觉很不安,因为站在那个位置上的应该是曼德施塔姆,而不是我。"谈到马雅可夫斯基时他说:"马雅可夫斯基影响到了所有诗人,他实际上改造了俄语作诗法。但马雅可夫斯基也写过一些不好的诗,不过只有一位诗人,他的不好的诗写得比马雅可夫斯基还要多,这位诗人就是我。"曾听很多人说叶夫图申科多变,不够诚实,但亲耳听到这些表白,我却突然意识到,他的多变往往有可能正源自他的真诚,因为他像个孩子似的没心没肺。最后是他的痛心疾首。作为一位布罗茨基的研究者和翻译者,我问起他与布罗茨基的关系。他看了一眼夫人玛莎,欲言又止,说玛莎禁止他谈论布罗茨基。待玛莎离席去另一个房间休息,他才主动对我们谈起布罗茨基:"对作为诗人的他,我没什么好说的,可对他这个人我却有些看法。是我设法让布罗茨基获释,帮他出国,还给密歇根大学写信推荐他,但他后来在美国四处无端指责我,写信阻止美国的大学雇用我,阻止美国艺术科学院推举我担任院士。布罗茨基有一次曾当着一位美国出版社社长的面向我道歉,但之后还是继续说我的坏话,我真的不知他为什么要这样做,这个问题是我心中最大的创伤之一。"关于叶夫图申科和布罗茨基的恩怨众说纷纭,但叶夫图申科在说起此事时的声调和表情却令我心头一颤。

2016 年暑期,我们一家去俄度假,在圣彼得堡时获悉作家伊斯坎德尔去世的消息。在圣彼得堡飞往莫斯科的航班上,我在一份报纸上看到一张照片,照片上的叶夫图申科拄着一根拐杖,倾斜着身体站在伊斯坎德尔的灵柩旁。眼见苏联时期的大作家一位接一位离去,我触景生情,便在给叶夫图申科的邮件中写道:"如今您已成为苏联时期俄语文学的最后一根拐杖。"他回复道:"你称我为文学的拐杖,这个形象很出色,尽管也很悲哀。"

吉狄马加先生的俄文版诗集《不朽者》将在俄出版,作者请叶夫图申科作序,我去信转达马加先生的请求,叶夫图申科在2017年2月7日回信说:"我身体不适。再宽限我一周。抱歉。"可仅过三天,即2月10日,他就发来序言,并在信中写道:"寄上草成的文章,如果觉得太长,你们可以删节。"他的序言以《拥抱一切的诗歌》为题,高度评价了马加诗歌创作所蕴含的世界性和亲和性。这篇序言,可能是叶夫图申科最后的文字之一。

我计划为商务印书馆编译一套俄语诗人丛书,其中拟编入一本《叶夫图申科的诗》。我就此事与他联系,并请他自己选定篇目,他在2017年2月20日的来信中写道:"亲爱的文飞,我已经为那本规模为五十首的诗集选好了诗。我多选了十首,以防有些诗很难译,或不可译,或为你提供选择的余地……6月13日在克里姆林宫剧院将举行我的纪念晚会,如果你有兴趣,我将邀请你过来。"两天后,我又接到他一封没头没尾、没有标点的信:"这是新添诗作今日寄书给您所有诗作均以十字符号标明我的建议叶夫图申科收到后请确认。"此信显然是匆忙之间,甚至痛苦之间写就的,此时应是他被确诊癌症复发的时候。十多天后,我收到从美国寄来的一本 2007 年莫斯科进步出版社出版的叶夫图申科诗集,书名是《窗户敞向白色的树林》,扉页上有叶夫图申科的题字:"以我和本书编者玛莎的名义赠给兄弟般亲爱的文飞。"目录和正文里布满诗人用蓝笔标注的十字符号。我去信说书已收到,并表示感谢,却再未收到回信。

一个时代的离去

在 21 世纪道别叶夫图申科,我们能更强烈地意识到这位诗人的时代意义。作为 20 世纪下半期俄语诗歌最重要的代表之一,他的诗歌创作持续近七十年!他十六岁加入苏联作协,是作协最年轻的会员;早在 1963 年,《纽约时报》就有一篇文章称赞 2016 年获诺贝尔奖的鲍勃·迪伦为"美国的叶夫图申科";叶夫图申科先后出版一百五十余部诗集、小说、文集和译作,其作品被译成七十多种语言;他在苏联时期被视为"诗歌大使",足迹踏至数十个国家;20 世纪中期以来的俄苏历史,从社会主义建设到排犹历史,从"解冻时期"到"停滞时期",从阿富汗战争到车臣战争,从苏联解体到乌克兰事件,在他的诗歌中全都得到了及时而又广阔的再现;他以一己之力对有史以来的俄语诗歌进行系统梳理,历时四十五年,编成洋洋大观的五大卷《俄语诗选》;2009 年起,他每年返回俄罗斯,在上世纪 60 年代他和"响派"诗友们朗诵诗歌的老地方——莫斯科综合技术博物馆举行诗歌晚会，重温往日的诗歌辉煌；2013 年在因关节炎截去右腿后，他仍拖着一条钛合金的假肢在世界各地游走，堂吉诃德式地布道诗歌，仅在 2015 年俄罗斯文学年期间，他就在俄行走四十天，做了二十八场诗歌朗诵，每场晚会有数千人参加，持续数小时；他还计划于 2017 年 6 月至 7 月再度回国，在莫斯科举办多场朗诵会，还要去全俄各地和白俄罗斯、哈萨克斯坦等国巡演。叶夫图申科在他早年的长诗《布拉茨克水电站》中写出这样一段名句："诗人在俄罗斯大于诗人。/只有心怀高傲的公民激情，/不知舒适和宁静的人，/才能在俄罗斯成为诗人。"叶夫图申科以他的诗歌创作和诗歌活动，诠释了什么才是他所言的"大于诗人的"诗人。与叶夫图申科同时代的著名诗人奥库扎瓦说："叶夫图申科就是整整一个时代。"俄罗斯当代诗人维什涅夫斯基在接受记者采访时说："即便那些对他态度不那么友善的人，也情愿随时随地捍卫他。他们无法忽视他的意义和他的天赋。他就这样留在俄罗斯的诗歌中，构成一个绝对鲜活的现象。"莫斯科现任市长索比亚宁也说："诗人叶夫图申科的去世是整整一个时代的离去。"

在中国的清明节道别叶夫图申科，我们惋惜我们失去了一位对中国充满感情的俄语诗人。叶夫图申科登上诗坛后不久，中苏关系即已恶化，他错失了及时进入汉语阅读圈的机会，当他在苏联乃至欧美大红大紫时，那时的国人却对他知之甚少。但后来一本"内部发行""供批评用"的"黄皮书"《〈娘子谷〉及其他》却让他的名字不胫而走，被官方列为"修正主义"文艺之样板的他，却被众多地下写作者奉为模仿对象，叶夫图申科及其诗作就此成为以"朦胧诗"为代表的新时期诗歌的思想和艺术资源之一。中苏间爆发武装冲突后，作为苏联的当红诗人之一，叶夫图申科曾写出反华诗作《在乌苏里江鲜红的雪地上》，但在叶夫图申科访华后，他对中国的态度却发生根本转变，在为马加诗集所写序言中，他再次对当年的反华诗作表示歉意："当时我写过一首关于珍宝岛冲突的诗，'文革'结束后不久我访问了中国，我很快意识到我那首诗是错误的。"他的《中国翻译家》一诗似乎就是他给出的"诗歌修正"，他在上述序言的最后写道："我一直存有一个希望，希望我的预见能够实现，即在北京将建起一座中国无名翻译家纪念碑，它的基座上或可刻上我诗句的译文：'伟大的译文就像是预言。/被翻译的细语也会成为喊声。/要为中国无名翻译家立一座纪念碑，/可敬的基座就用译著垒成！'这些勇敢的人们在最为艰难的流放中翻译我的诗句，我也成了第一个获得中国文学奖的俄罗斯人，我因此而充满感激，我希望我能完成在全中国的诗歌朗诵之旅。"

道别叶夫图申科，我们意识到，很少有人能像他这样让诗歌如此之深地介入时代和社会，很少有人能像他这样为俄语诗歌赢得如此之广的世界影响。维基百科上的"叶夫图申科"词条被迅速加上了他的死亡日期和地点："2017 年 4 月 1 日，美国俄克拉荷马州塔尔萨市。"叶夫图申科其人其诗就这样成为了历史，但是，"不善于道别"的他，必将长久地存在于诗歌的历史之中！

后　记

编成这本集子后，还有几句话要说一下：

首先，感谢本套丛书的主编丁帆先生和中国社科院外文所所长陈众议先生的信赖和邀约！感谢社科院外文所张锦女士和叶觅女士为编辑此书付出的辛劳！

其次，这套丛书的名称起得很巧妙，一如云南的《大家》杂志和北京十月文艺出版社的"大家小书"系列，但本人觉得自己是"盛名之下"，这实非谦辞，以"小家读大家"的心态面对文学大师及其经典，是我始终的姿势。

最后，将全书的十五篇文章划分为三个板块，也是为了符合整套丛书的体例，我们更愿意把俄罗斯文学的发展过程看成一条不间断的河流。

是为后记。

刘文飞

2018 年 7 月 13 日于京西近山居